新　うたの神話学

福　寛美

目　次

はじめに

筆者はかつて他書（『うたの神話学』森話社、二〇一〇年）において、『古事記』や『日本書紀』の中の上代歌謡や万葉歌、琉球の歌である琉歌（りゅうか）、そして琉球の神歌集の『おもろさうし』のおもろ（神歌）を分析し、その神話的イメージを抽出したことがあります。うたは論理的ではないですが、豊富なイメージを提示します。

筆者は拙著で「詩的言語は多様な象徴性と寓意（ぐうい）を秘め、詩情をかき立てると同時に神話の原風景を垣間見せる」と述べました（同書一五八ページ）。その詩的言語は、現代の流行歌の歌詞にも、勿論あてはまります。そのような視点で、現代のうたの世界のイメージを読者の皆様とご一緒にみていきたいと思います。

なお歌詞の引用はインターネット・サイトの「うたまっぷ」http://www.utamap.com/index.html、ほかによります。個々の歌の歌詞は「うたまっぷ」、ほかを参照しながら書き起こしました。そして『万葉集』の引用と訳文は『萬葉集　釋注　一〜十』（伊藤博、集英社文庫、二〇〇五年）に拠（よ）ります。

「月光」

作詞作曲・歌唱：鬼束ちひろ

歌詞

I am GOD'S CHILD〔私は神の子供〕　この腐敗した世界に堕とされた
How do I live on such a field?（こんな場所でどうやって生きろと言うの？）
こんなもののために生まれたんじゃない
突風に埋もれる足どり　倒れそうになるのを　この鎖が許さない
心を開け渡したままで　貴方の感覚だけが散らばって　私はまだ上手に片付けられずに
I am GOD'S CHILD　この腐敗した世界に堕とされた

How do I live on such a field?　こんなもののために生まれたんじゃない

「理由」をもっと喋り続けて　私が眠れるまで
効かない薬ばかり転がってるけど　ここに声も無いのに　一体何を信じれば？

I am GOD'S CHILD　哀しい音は背中に爪跡を付けて
I can't hang out this world（この世界を掲げる事など出来ない）
こんな思いじゃ　どこにも居場所なんて無い

不愉快に冷たい壁とか　次はどれに弱さを許す？
最後(おわり)になど手を伸ばさないで　貴方なら救い出して　私を静寂から
時間は痛みを加速させて行く

I am GOD'S CHILD　この腐敗した世界に堕とされた

How do I live on such a field?　こんなもののために生まれたんじゃない
I am GOD'S CHILD　哀しい音は背中に爪跡を付けて　I can't hang out this world
こんな思いじゃ　どこにも居場所なんて無い
How do I live on such a field?

この歌世界の特徴は、歌の主人公が自分は神の子、としていることです。主人公は「この腐敗した世界に堕とされた」のであり、「こんな場所でどうやって生きろと言うの?」、「こんなもののために生まれたんじゃない」と述べています。ここには強烈な自意識と腐敗した世界を拒否する姿勢があります。

主人公のいる場所は突風が吹き、鎖があり、貴方の感覚が散らばり、効かない薬が転がっている、声の無い場所です。そして主人公の背中には哀しい音が爪跡を付けています。また不愉快に冷たい壁、静寂、時間と共に加速される痛みが提示されます。

この場所はどこで、主人公はなぜそこにいるのでしょうか。

この場所が現実には存在しないことは、言うまでもありません。そして「ここが居場所ではない」と強く思う神の子である主人公の姿から筆者が想起したのはH・ヨナス著、秋山さと子・入江良平訳の『グノーシスの宗教』（人文書院、一九八六年、九・一〇ページ）の記述です。グノーシス主義はキリスト教と同時期に地中海世界で誕生した宗教・思想で、大変神秘的です。同書で述べられているグノーシスの神々とその事件は、次のようなものです。なお以下は、『グノーシスの宗教』の文章を箇条書きに抜き出したものです。

・ほとんどすべての事件は上界で、すなわち神的、天使的、あるいはダイモーン（筆者注　人間と神々の中間）的な領域で起こる。
・それは超自然的世界における前宇宙的人物たちのドラマであり、自然の領域における人間のドラマはその遠く離れた反響にすぎない。
・神の迷える知恵であるソフィアはみずからの狂気の餌食となり、彼女自身が作った虚無と暗黒のなかを彷徨（ほうこう）する。彼女は果てしなき探求、悲嘆、苦悩、後悔のなかにあって、みずからの情念を物質へ、憧憬（しょうけい）を魂へと形づくる。

・魂は世界という迷宮のなかに捕えられて途方に暮れており、出口を捜し求める。
・彼方の光からの救済者は身の危険をもかえりみず下なる世界に侵入し、闇を照らし、道を開き、神界の裂け目を癒す。これは、光と闇、知識と無知、静謐（せいひつ）と情念、傲（おご）りと敬神の物語だ。それも人間の次元ではなく永遠の存在の次元での物語である。永遠の存在も苦悩と迷いを免れてはいないのだ。

秋山さと子氏は、グノーシスの神話の神々の物語について、『ユングとオカルト』（講談社現代新書、一九八七年）で次のように述べています（同書二一八ページ）。

神々の物語とはいえ、主題は天使の堕落や、彼らの望郷の念を描くもので、どこか悲哀に満ちた嘆き節のような感じを与えるが、登場人物が、すべて本来は無垢な性格を持っていたと思われる神性を持つものたちのことであるだけに、その悲哀は、さらに悲しく、しかもどろどろした人間の世界とはかかわらない一種のさわやかさを持っている。

グノーシスの神々についての「神の迷える知恵であるソフィアはみずからの狂気の餌食となり、彼女自身が作った虚無と暗黒のなかを彷徨する。彼女は果てしなき探求、悲嘆、苦悩、後悔のなかにあって、みずからの情念を物質へ、憧憬を魂へと形づくる」、そして「魂は世界という迷宮のなかに捕えられて途方に暮れており」は「月光」の主人公のあり方そっくりです。そして神の子である主人公の嘆きは、「悲哀は、さらに悲しく、しかもどろどろした人間の世界とはかかわらない一種のさわやかさを持っている」と筆者には思えます。

主人公は、本来は上界に生きるべき神の子であるにもかかわらず、自らが作り出した虚無と暗黒に落ち、途方に暮れ、救済者である貴方の感覚の散らばりを意識しつつ、それを秩序立て、腐敗した世界から脱出する道筋を確かなものにすることができません。主人公が神の子であるなら、自分で自分を救済できるはずなのに、それができなくなってしまった嘆きが提示されている、と筆者には思えます。

そして「声もない」ですが、この声は遥かなる神の呼び声であり、主人公を腐敗した場所の外へと導く声ではないでしょうか。そして背中に爪跡をつける哀しい音は、無意味でありながら強い力を持ち、主人公を傷付ける腐敗した場所の音です。静寂はそれ自体完結した無音の世界です。その静寂を破る哀しい音は、さながら悪魔の鉤爪（かぎづめ）のように、主人公の背中に腐敗した世界の刻印を残したのでしょう。

神の子は日本の中世神話では、腐敗し堕落した地上に生れ落ち、人一倍苦悩し、辛酸をなめ、その末に汚辱にまみれて現世での命を失い、神として転生する、とされています。あらゆる苦難を体験したからこそ、転生後の神性が輝く、という発想はある意味当然でしょう。

「月光」の主人公は『グノーシスの宗教』の言葉を借りるなら「魂は世界という迷宮のなかに捕えられて途方に暮れて」います。そして主人公は、「身の危険をもかえりみず下なる世界に侵入し、闇を照らし、道を開き、神界の裂け目を癒す」、「彼方の光からの救済者」を待ち望みつつ、救済者が到来しないまま堕落した世界に居続けなければならない恐怖に震えています。

歌詞には月光が一切うたわれていません。それにもかかわらず、楽曲名が「月光」なのは、神の子である主人公が救済を待ちわび、見上げるのが月だからではないでしょうか。

月光輝く遥かな清らかな上界こそ自分の居場所である、そこが神の子の世界である、という認識があるように筆者には思えます。

「月光」の歌世界はみてきたようにグノーシスの宗教観と似た箇所がある、と筆者は思います。作詞作曲、そして歌唱の鬼束ちひろ氏がそのような宗教観をふまえたわけではないでしょうが、永遠の存在であるはずの主人公の苦悩、悲しみ、そして居場所の無さへの嘆きの歌は透明な美しさをたたえています。多くの人々に愛される「月光」の歌世界に古代の宗教観と似た箇所があるのは、苦悩する純粋な神の子、というイメージが多くの人々の心の深奥に存在しているからではないでしょうか。

それはとりもなおさず平凡な我々、どうにも中途半端で大した志もなく、適当に日々を過ごす我々の中にも、美しく傷付きやすい魂がある、ということです。肉体と間の抜けた精神に繋（つな）がれて身動きができない無垢（むく）な輝く魂は、遥か上界の月光の世界を憧れてやまない、そしてこの世界から脱出したいと願いつつ、この世界に止まらざるをえないのかもしれません。日常生活では全く意識されない深い次元の、神秘的で痛々しく苦悩に満ちた魂の一つの相貌（そうぼう）を示した「月光」を、美しいと思います。

「私とワルツを」

作詞作曲・歌唱：鬼束ちひろ

歌詞

時計は動くのをやめ　奇妙な晩餐(ばんさん)は静かに続く　何かを脱がすように
もうそろそろ口を閉じて　分かり合えてるかどうかの答えは　多分どこにも無い
それなら身体を寄せ合うだけでも

優しいものは　とても怖いから　泣いてしまう　貴方は優しいから
誰にも傷が付かないようにと　ひとりでなんて踊らないで　どうか私とワルツを

この冬が終わる頃には　凍った鳥達も溶けずに落ちる　不安で飛べないまま

あとどれだけ歩けるのだろう　きっと貴方は世界の果てへでも　行くと言うのだろう
全ての温度を振り払いながら

失う時が　いつか来る事も　知っているの　貴方は悲しい程
それでもなぜ生きようとするの　何も信じられないくせに　そんな寂しい期待で

優しいものは　とても怖いから　泣いてしまう　貴方は優しいから
誰にも傷が付かないようにと　ひとりでなんて踊らないで

不思議な炎に　焼かれているのなら

悲鳴(こえ)を上げて　名前を呼んで　一度だけでも　それが最後でも

誰にも傷が付かないようにと　ひとりでなんて踊らないで　そして私とワルツを

どうか私とワルツを

「私とワルツを」の歌世界は女性のモノローグです。彼女は目前にいない貴方を思いながら語っています。まず「時計は動くのをやめ」ですが、これは時間の無い世界であることを示しています。そして「奇妙な晩餐は静かに続く」ですが、この晩餐に似ているのは『不思議な国のアリス』の三月ウサギといかれ帽子屋のお茶会です。このお茶会は時計が狂った支離滅裂なお茶会です。アリスの物語のお茶会は奇妙ですが、歌世界でも奇妙な晩餐が静かに続いていきます。晩餐で体内には食事が取りこまれていくはずなのに、「何かを脱がすように」と反対の描写がされています。

「もうそろそろ口を閉じて　分かり合えているかどうかの答えは　多分どこにも無いそれなら身体を寄せ合うだけでも」は女性と男性が話し合っても分かり合えないことを語っています。そして次節はこの歌の中で最も有名なフレーズです。「優しいものは　とても

怖いから　泣いてしまう　貴方は優しいから　誰にも傷が付かないようにと　ひとりでなんて踊らないで　どうか私とワルツを」は貴方の優しさを素直に受け入れられない女性の姿を示しています。

このフレーズには矛盾があります。ワルツは円舞曲と翻訳される舞曲で、「どうか私とワルツを」は、一緒にワルツを踊りましょう、という意味です。ワルツの中でも名高いのはオーストリアのウィンナ・ワルツで、ウィーン・フィルハーモニー管弦楽団による年初のニューイヤー・コンサートではシュトラウス一族、ほかのウィンナ・ワルツが演奏され、全世界にテレビ放映されています。ワルツは男性がリードし、女性を美しく見せながら踊るもので、男性の女性への気遣いと女性の男性への適切な反応が欠かせません。つまりワルツは優しい人間関係があって美しく踊れるもので、女性が貴方の優しさを怖がっていては、ワルツになりません。

そして「この冬が終わる頃には　凍った鳥達も溶けずに落ちる　不安で飛べないまま」は、厳冬の時期、本当に飛べずに凍ったようになってしまった鳥を思わせます。絵本作家で名高いターシャ・テューダーを取り上げたテレビ番組の中で、ターシャにとてもなついていた鳩が紹介されていました。ターシャによると、その鳩は寒い時期にターシャの屋敷の軒先に飛んできたものの、寒さで固まってしまっており、ターシャが鳩を湯煎鍋（ゆせんなべ）で温めた、ということです。体温を取り戻した鳩はターシャになつき、いつもターシャと一緒にいたそうです。

また筆者も寒い日、ストーブの前しか温まらない安普請の家の低温の室内で、小鳥が寒さで固まったのを見たことがあります。昭和四十年代の前半、我が家には白文鳥の若鳥がいました。白文鳥は水浴びが大好きな鳥で、それから十数年後に落鳥するまで毎日数回、水浴びをしていました。水浴びが好きなのは、文鳥が東南アジアの暖かい土地が原産だからです。しかし、挿し餌を卒業したばかりの若鳥が、寒い時期に冷たい水入れに飛び込み、勇ましく水浴びをするとどうなるか、です。水浴びをすませ、水入れの縁にとまった鳥は水滴をふるい落としているかと思ったら、いきなり両足を上にしてひっくり返りました。まさに漫画のような情景です。その鳥を見て驚いた筆者の祖母は、鳥をつかみだし、毛糸のカーディガンに包み、ストーブの前に置きました。やがて文鳥はもぞもぞ動きだし、文字通り解凍しました。

そんな現実の固まった鳥達はともかく、凍りつき、不安で飛べないまま落ちてしまう鳥の様子からは、希望や夢は全く感じられません。

「あとどれだけ歩けるのだろう　きっと貴方は世界の果てへでも　行くと言うのだろう　全ての温度を振り払いながら」の最初の詞句は、彼女が貴方についていけないことを示唆しているように思います。そして「全ての温度を振り払いながら」は世界が凍てつき、冬のままになってしまった『ナルニア国物語』シリーズの『ライオンと魔女』を思わせます。白い邪（よこしま）な氷の魔女の支配する世界は雪と氷ばかりで、四季が存在しなくなってしまいました。その世界に人間の子供達がやってきて魔女の支配を打ち破り、四季のある美しい世界を取り戻す、というのが『ライオンと魔女』の一つのテーマです。

「失う時が　いつか来る事も　知っているの」、「なぜ生きようとするの　何も信じられないくせに　そんな寂しい期待で」、と貴方に語りかける彼女は、貴方を失い悲しみに沈む自分と、何も信じられず、寂しくてたまらない自分を貴方に投影しているのかもしれません。

そして「誰にも傷が付かないようにと　ひとりでなんて踊らないで　不思議な炎に　焼

かれているのなら」と続きます。このフレーズが「ひとりでなんて踊らないで　どうか私とワルツを」と対応しているのは明らかです。それではなぜ、「どうか私とワルツを」と「不思議な炎に　焼かれているのなら」が対応するのでしょうか。この炎から連想される現実の日本の炎は、打ち上げ花火の炎です。夏の大空に鮮やかな光を放ち、丸を基調に様々なフォーメーションを見せる花火は、日本の夏の風物詩です。花火ならワルツと対応しているように思えますが、歌世界では「不思議な炎に焼かれているのなら」です。

そのような炎は、地獄の業火（ごうか）がふさわしいのかもしれません。業火は自分の生前の悪業の報いの地獄の炎で、地獄に落ちたらその炎で焼かれる、とされています。焦熱（しょうねつ）地獄、という地獄の階層もあり、地獄に炎はつきものです。そのほかの不思議な炎には、不死鳥（フェニックス）の炎があります。不死鳥は文字通り死なない鳥ですが、伝説によると不死鳥は自分の死期を悟ると炎に飛び込み、若鳥として再生する、とされています。そのため、不死鳥は火の鳥と呼ばれることもあります。

ワルツは円舞で、円を描いて踊りながら踊り始めた場所に戻り、また進んでまた戻る、を繰り返します。不死鳥は炎による死と再生を繰り返しながら永遠に生きつづけます。次元が全く違うので、対応していると簡単に述べることはできませんが、円舞と不死鳥の炎は「繰り返し」に焦点を絞ると似たところもある、と筆者には思えます。

「悲鳴(こえ)を上げて　名前を呼んで　一度だけでも　それが最後でも」は貴方に名を呼んでほしい彼女の悲痛な呼び声です。かつて名前には重要な意味がありました。『万葉集』の巻一－一の雄略(ゆうりゃく)天皇の春の長歌には、春の野で若菜を摘む女性に「家のらせ　名のらさね（家をおっしゃい、名をおっしゃいな）」と呼びかけ、自分が大和の国を治めていることを語り、「我れこそば　のらめ　家をも名をも（わたしの方からうち明けようか、家も名も）」で終わります。万葉の時代、男性が女性の名を問うのは求婚の意味がありました。

　かつては名と人の魂は深く結び付いている、と認識されていました。そして娘の本当の名を知るのは親だけだった、といいます。娘が男に名を明かすことは求婚を受け入れ、身体も魂も男のものとなることを承諾した証、とされていました。歌世界で彼女が貴方に名前を呼んでほしいと強く呼びかけるのは、話しても完全に分かり合えない貴方と身体を寄せ合いワルツを踊りたい、そして彼女の魂と一体の名前を呼んでもらい、身体も魂も貴方のものになりたい、という希求かもしれません。

「誰にも傷が付かないようにと　ひとりでなんて踊らないで」は、貴方が誰かと二人で踊ることによって、誰かに傷が付いてしまうかもしれない、ということを示しています。そのような感性はあまりにも過敏で普通の人生は生き辛いのかもしれません。しかし、そのような感性があってこのような歌世界があるのは確かです。

「ひとりでなんて踊らないで　そして私とワルツを　どうか私とワルツを」は、貴方に「私とワルツを踊ろう」、「どうか私とワルツを踊って」と呼びかけています。優しいものは恐い、という思いと貴方とワルツを踊りたい、という気持ちは矛盾しますが、貴方を愛する彼女の偽らざる心情でもあります。傷付きやすく繊細過ぎて臆病な側面はあっても、率直な彼女のあり方を美しいと思います。

「残酷な天使のテーゼ」

作詞：及川眠子
作曲：佐藤英敏
歌唱：高橋洋子

歌詞

残酷な天使のように　少年よ　神話になれ

蒼い風がいま　胸のドアを叩いても　私だけをただ見つめて　微笑んでるあなた
そっとふれるもの　もとめることに夢中で　運命さえまだ知らない　いたいけな瞳
だけどいつか気付くでしょう　その背中には　遥か未来　めざすための　羽根があること

残酷な天使のテーゼ　窓辺からやがて飛び立つ　ほとばしる熱いパトスで
思い出を裏切るなら　この宇宙(そら)を抱いて輝く　少年よ　神話になれ

ずっと眠ってる　私の愛の揺りかご　あなただけが　夢の使者に　呼ばれる朝がくる
細い首筋を　月あかりが映してる　世界中の時を止めて　閉じこめたいけど

もしもふたり逢えたことに　意味があるなら　私はそう　自由を知るためのバイブル

残酷な天使のテーゼ　悲しみがそしてはじまる　抱きしめた命のかたち
その夢に目覚めたとき　誰よりも光を放つ　少年よ　神話になれ

人は愛をつむぎながら　歴史をつくる　女神なんてなれないまま　私は生きる

残酷な天使のテーゼ　窓辺からやがて飛び立つ　ほとばしる熱いパトスで
思い出を裏切るなら　この宇宙(そら)を抱いて輝く　少年よ　神話になれ

この歌について、作詞の及川眠子氏の言葉がインターネットの記事にあります（http://otapol.jp/2016/08/post-7899.html）。

ネット配信も含め、百万枚以上の売り上げを誇る「残酷な天使のテーゼ」は、キングレコードのプロデューサーから、「難しい歌詞にしてくれ」という依頼があったそう。悩んだ及川は、「萩尾望都さんの『残酷な神が支配する』（小学館）という漫画を見て、パッと閃いて、これを使おうと思った」と、名曲誕生の背景を告白。アニメが出来上がっていない状況で、渡された企画書のみを参考に作詞をしたというが、『一四歳の少年少女』と『お母さん』と『年上の女』というキーワードが浮かんで。（高橋）洋子ちゃんが歌うのならば、一四歳の子供の立場からでは変だ。母親や年上の立場からにしようって」と、作詞センスの高さを感じさせるエピソードも。

この歌世界は神話の象徴性がちりばめられています。まず「残酷な天使のテーゼ」という題名ですが、キリスト教的な天使は堕天使（筆者注　自らの意志で堕落した天使）となると悪魔になる、とされています。題名は優しい天使が残酷になることを、命題（テーゼ）として捉えています。天使は両性具有的な美少年の姿で、宗教絵画などに表現される場合が多いです。

歌詞世界の登場人物は少年と、わたしであり歌の語り手である女性です。少年とわたしの関係は、少年と年上の女性の性愛も含めた愛とそこから飛び立つ少年と描写されます。少年は残酷な天使となるのですが、わたしは女神になれない人間のままです。

少年は窓辺から飛び立つのですが、窓辺から飛び立つ世界で最も有名な少年はピーター・パンです。ディズニーのアニメ映画で有名なピーター・パンですが、ジェームス・マシュー・バリーの原作は陰影あるストーリーです。ピーターはロンドンのケンジントン公園で乳母車から落ち、ベビーシッターは彼を見つけられませんでした。ピーターはそのまま迷子になり、歳をとらなくなってネバーランドに住むようになった、とされています。またピーターが母の家に飛んで行ってみると、窓は閉まっていてかつての自分のベビーベッドに別の赤ん坊が寝ており、彼はそこに居場所がないことを悟ります。

このストーリーはピーターが幼い時に亡くなり、無時間的で神話的な世界のネバーランドで子供の姿のままで過ごしていることを暗示しています。彼はキリスト教的な天国に魂を憩(いこ)わせるわけではなく、時々、人間世界に登場して子供達を自分の世界に誘います。

ピーターに誘われた最も有名な子供はウェンディです。原作ではウェンディがやがて母になり、かつてピーターに誘われてネバーランドへ行ったことがあった、と娘のジェーンに語ります。ネバーランドは子供にとっては魅力的な世界ですが、その世界にとらわれ過ぎると現実に戻れない危険があります。つまりピーターのように現実での時間を止め、ネバーランドの住人になってしまう、ということです。

ウェンディの母はネバーランドに行ってしまった子供達を心配し続けます。そして父は、子供達のお守りをしていた犬を自分が裏庭につながせたために子供達がいなくなったと思い込み、犬小屋から出てこなくなります。母と父の子供達を心配する心が子供達の守りとなり、子供達が戻ってくる、というのがこの話の一つの側面です。危険を回避したウェンディはやがて母のように大人になって娘を産み育て、ピーターの魅力を語ることになります。窓辺から飛び立つ少年の背後には、永遠の少年、ピーター・パンの姿が垣間見えます。

また羽根、あるいは翼を持つ少年として最も名高いのはギリシア神話のイカロスです。イカロスは、父であり、伝説的な大工のダイダロスと共に迷宮に幽閉されてしまいます。父子は逃走するために鳥の羽根を蝋で固めて翼を作ります。父はあまり高く飛んで太陽に近付くと蝋が溶けて落ちてしまう、と警告しますが、イカロスは自由自在に飛べることから傲慢になり、太陽神のヘリオスに近付きすぎて蝋が溶け、翼がバラバラになって墜落死してしまいます。

このイカロスの物語は古来、多くの芸術家のインスピレーションをかき立ててきました。ピカソは『イカロスの墜落』という題名の壁画をパリのユネスコ本部の大ホールに描いています。このイカロスの物語は教訓的に読んでもあまり意味がない、と筆者は思います。イカロスは高く飛ぶことによって鳥よりも高い神の視点を手に入れました。神のように世界を鳥瞰したイカロスは、墜落する直前に神になり、まさに神話の中の人物になりました。傲慢であろうが墜落死しようが、その一瞬、彼は神になり神話の一部となりました。

それは常人には不可能な仕業です。

この歌世界から筆者が想起したのは「永遠の少年」という言葉です。「永遠の少年」とは深層心理学の一派、ユング心理学（筆者注　スイスの深層心理学者のユングが提唱した心理学）の元型（アーキタイプ）の一つです。元型とはあらゆる人間の心の深層に宿るイメージであり、「永遠の少年」のほかに「太母（たいぼ、グレートマザー、あらゆるものを生み出すと同時にあらゆるものを呑み込み、死に至らしめる存在）」や「老賢者（年老いた姿で叡智を蓄えた者）」などがあります。

ユング心理学によると、永遠の少年は成人に達する前に亡くなってグレートマザーの胎内で再生するが、いつまでも成人になることなく同じことを繰り返す、という性質を持っています。その永遠の少年が神としての本性に目覚め、女神になれない女性のもとから、そして窓辺から飛び立つイメージがこの楽曲で表現されています。

そして「熱いパトス」ですが、パトスはロゴスに対する語であり、衝動的な熱情を意味します。熱情に突き動かされ、神になって飛び立つ少年のことを知る女性は、少年に置き去りにされる運命と、異教的な残酷な天使である少年の運命を見据え、善なる天使と神の教理を説くバイブル（聖書）に自らをなぞらえます。

性的に成熟する少し前、少年や少女はその時だけの美しさを持っています。大人になり、どんなに少年少女を羨ましく思っても、その時の美や輝きを取り戻すことはできません。一瞬の輝きと美しさ、そして窓辺から飛び去る永遠の少年の強く儚（はかな）いイメージがこの歌世界に満ちています。あわせて、筆者には少年を愛しつつ、置き去りにされる運命を深く肯定する女性像もまた、大変魅力的に思えます。

「魂のルフラン」

作詞：及川眠子
作曲：大森俊之
歌唱：高橋洋子

歌詞

私に還(かえ)りなさい　記憶をたどり　優しさと夢の水源(みなもと)へ
もいちど星にひかれ　生まれるために　魂のルフラン
蒼い影につつまれた素肌が　時のなかで　静かにふるえてる
命の行方を問いかけるように　指先は私をもとめる

抱きしめてた運命のあなたは　季節に咲く　まるではかない花
希望のにおいを胸に残して　散り急ぐ　あざやかな姿で

私に還りなさい　生まれる前に　あなたが過ごした大地へと
この腕に還りなさい　めぐり逢うため　奇跡は起こるよ　何度でも　魂のルフラン

祈るように　まぶた閉じたときに　世界はただ闇の底に消える
それでも鼓動はまた動きだす　限りある永遠を捜して

私に還りなさい　記憶をたどり　優しさと夢の水源へ
あなたも還りなさい　愛しあうため　心も体もくりかえす　魂のルフラン

私に還りなさい　生まれる前に　あなたが過ごした大地へと
この腕に還りなさい　めぐり逢うため　奇跡は起こるよ　何度でも　魂のルフラン

この歌について、作詞の及川眠子氏の言葉がインターネットの記事にあります（http://otapol.jp/2016/08/post-7899.html）。

一方の「魂のルフラン」については、「一話分だけビデオをプロデューサーに渡され、『これ観て感じたことを書いて』と言われた。それが〝死んで生き返る〟という内容で、『ああ～〝輪廻〟ね』って書いたのがアレ」とサラッと告白。

ルフランはリフレイン（繰り返し）を意味するフランス語です。魂のルフランとは直訳すると「魂の繰り返し」ですが、この歌の世界では私（女性）があなた（男性）に「私に還りなさい」と繰り返し歌いかける、という構成になっています。

繰り返し、ということは歌謡以外ではあまり好まれません。しかし、日本古代の『古事記』や『日本書紀』に記される古代歌謡や、奈良時代の『万葉集』の中でも比較的時代の古い長歌、そして琉球の神歌集の『おもろさうし』のおもろ、神事や神前で演奏される神楽歌（かぐら）、催馬楽（さいばら）（筆者注　平安時代に流行した歌いものでもある歌謡、『源氏物語』の巻の名にもなっている）などは繰り返しが多いです。このことは、口に出して歌う歌に同じフレーズが繰り返し出現することを人々が好む、という傾向があることを示します。繰り返し、という原初的な歌の技法が人間の心に訴えかける部分があることはもっと認識されるべきだと思います。

「星にひかれ　生まれる」というフレーズは占星術、あるいはホロスコープ（筆者注　天体配置図）を思わせます。人はそれぞれ星々の影響力を受けながら生きており、誕生した時と場所によって個人のホロスコープが作成されます。そのホロスコープによる占いはよく当たるとされ、現代も隆盛しています。また星にひかれて誕生する、を星の配置による宿命、と捉えることもできます。

この歌であなたは「蒼い影につつまれた素肌が　時のなかで　静かにふるえてる　命の行方を問いかけるように　指先は私をもとめる」となっています。この詞句は「あなた」が無防備な姿で時のなか、という抽象的な空間で音を立てることなくかすかに震えながら私を求めていることを意味します。あなたの指先によって求められる私は、あるいは「命」

そのものなのかもしれません。

「抱きしめてた運命のあなた」のあなたは「はかない花」の姿をしています。そして「希望のにおいを胸に残して　散り急ぐ　あざやかな姿」と描写されます。あなたは歌詞世界では男性のようですが、花でもあります。ところで花と化した男性が神話世界に存在しています。それはナルキッソスです。

ナルキッソスはナルシシズム（筆者注　自己愛）、ナルシストの語源でもあります。ギリシア神話世界の美少年ナルキッソスは泉の水面に映る美少年、こと自分に恋をして、水辺から離れられなくなり、やせ衰えて死んでしまいます。彼が死んだあとには水仙が咲いていたので、欧米では水仙のことをナルシスといいます。水仙は早春に下向きに咲きます。

なお水仙は有毒植物であり、葉をニラと混同して調理し、毒に当たる人が出たことが時々日本のニュースになります。ナルキッソスは美少年ではあるが、他人を愛することがなく、彼を愛した男性やニンフ（筆者注　ギリシア神話世界の妖精的な存在）を死に至らしめたり、苦しめたりしました。美しいが毒を持つ水仙とナルキッソスはよく似ています。

また勿忘草（わすれなぐさ）も男性にまつわる伝説を持ちます。中世ドイツの伝説で、騎士ルドルフが恋人のベルタのためにこの花を摘もうと川岸に降りましたが、あやまって川に落ちてしまいました。ルドルフは摘んだ花を岸に投げ、「私を忘れないで」と言って水にのまれました。ベルタは恋人の墓前にこの花を供え、最期の言葉にちなんで花の名をつけた、といいます。勿忘草の花言葉は「真実の愛」、「私を忘れないでください」でもあります。

なお偶然にすぎませんが、ナルキッソス（水仙）もルドルフ（勿忘草）も水辺が舞台になっています。水は生命の源であると同時に、水に落ちた人を死の世界に引き込みます。そのような水の世界は深い象徴性を持っています。水辺は水の世界と陸の境界であり、危険な場所でもあります。そこから水に落ちて命を失ったのがルドルフであり、水鏡に見惚(みほ)れて命を失ったのがナルキッソスです。水の魔力に囚(とら)われた二人の男性は花になり、永遠にその名を語り継がれる存在となったのです。

「私に還りなさい　生まれる前に　あなたが過ごした大地へ」のあなたは美しい花ですが、花は散り急ぎます。花は美であり、儚(はかな)さの象徴でもあります。そのあなたに、大地である私が「私に還りなさい」と呼びかけます。それは花咲く植物を育てる大地、発芽以前の植物が種や球根として埋まっている大地、まさに母なる大地を表現しています。

「祈るように　まぶた閉じたときに　世界はただ闇の底に消える」は死の暗示のように感じられます。しかし、この歌詞に続き「鼓動はまた動きだす　限りある永遠を捜して」となります。鼓動が再び動き出す、とは再生を意味します。また「限りある永遠」は矛盾をはらみます。神話世界で永遠に生きるのは神々です。人間は限りある生を生きるしかありません。しかし限りある生の中で、人は永遠の瞬間とでも言うべき時を持つことがあります。喜びや楽しさが高まった時、優れた芸術に感動した時などは永遠の瞬間と言えます。その瞬間を捜し求めて人が生きるのはよく理解できます。

　この歌世界の私とは誰でしょうか。私は「記憶をたどり　優しさと夢の水源（みなもと）」、「生まれる前に　あなたが過ごした大地」、「この腕（て）」、と表現されます。そして「私に　還りなさい」という理由は「めぐり逢うため」、「愛しあうため」です。この私は女性であり、腕によってあなたを抱きしめようとしている、とよめます。そして「抱きしめてた運命のあなたは　季節に咲く　まるではかない花」と表現されます。私は大地であり、水源であり、あなたがわたしに還ると何度でも奇跡が起こる、とされています。

　このように私は生命を生み出し、やがて命が終わったときにそこに還る大地のようであり、夢や優しさ、すなわち生命を潤すヴィジョンの源であり、水源でもあります。水源から湧き出す神秘の泉水には女神の力が宿る、とみなされることがあります。それは名高いフランスのルルドの泉です。ルルドでは十九世紀、少女が少女にしか見えない貴婦人を見た、ということで話題になりました。その貴婦人は聖母マリアとみなされ、少女がマリアの示す方向に行ったら水が湧いており、それがルルドの泉のはじまりである、とされています。ルルドの泉は難病の患者にも奇跡の治癒力を発揮する、ということで名高く、現代もルルドに巡礼で訪れる人々はたくさんいます。

一方南西諸島は隆起(りゅうき)サンゴ礁の島が多く、また雨が適切な時期に適量降るわけではないため、石灰岩土壌(どじょう)の断層から湧き出す泉水は生活用水としても重要でした。そのような泉水は信仰の対象であり、拝所(はいしょ)（筆者注　南西諸島的な神を拝む場所）になっていることも多いです。南西諸島において水汲みは女性の仕事だったので、泉水の拝所で祈願するのは女性です。泉水の神の性別が語られることはありませんが、女性的な神と言えるのではないか、と思います。

この歌世界の私とあなたの関係ですが、筆者には私はユング心理学の元型の太母（グレートマザー）、あなたは永遠の少年（プエル・エテルヌス）のように思えます。

河合隼雄氏は『母性社会日本の病理』（中央公論社、一九七六年、二一・二二ページ）で永遠の少年について次のように述べます。


「永遠の少年」とは、ギリシアにおけるエレウシースの秘儀の少年の神、イアカスを指して、オヴィッドが呼んだ言葉であるという。

エレウシースの秘儀はデメーテルという太母神とその娘コーレの神話を踏まえて行われる、死と再生の密儀である。これは穀物が母なる大地を母胎として冬には枯れ、春には芽生えてくる現象になぞらえられたものとも考えられるが、この死と再生を繰り返す穀物の神の顕現として「永遠の少年」イアカスが登場するのである。永遠の少年は成人することなく死に、太母の子宮のなかで再生し、少年として再びこの世に現われる。永遠の少年は決して成人しない。英雄であり、神の子であり、太母の申し子であり、トリックスターであり、しかもそのいずれにも成り切らない不思議な存在である。

永遠の少年は英雄として急激な上昇をこころみるが、あるとき突然の落下が始まり、母なる大地に吸いこまれる。死んだはずの彼は、新しい形をとって再生し急上昇をこころみる。ヒルマンが指摘するように、彼らの主題は「上昇」であるが、水平方向にひろがる時空との現実的つながりの弱さにその特徴を持っている。このような永遠の少年の元型は、すべての人の心の無意識内の深層に存在している。このような元型と同一化するとき、その人は文字通り「永遠の少年」となる。

現代社会に生きている「永遠の少年」たちは、われわれ心理療法家をおとずれて来ることがあるが、ユングの弟子のひとり、フォン・フランツはそのようなイメージを見事にスケッチしている。彼らは社会への適応に何らかの困難を示しているが、彼らは自分の特別な才能を曲げるのが惜しいので、社会に適応する必要はないのだと自らに言いきかせたり、自分にぴったりとした場所を与えない社会が悪いのだと思ったりしている。ともかく、いろいろ考えてみるが未だその時が来ない、未だ本ものが見つからない、と常に「未だ」の状態に置かれたままでいる。

ところが、ある日突然、この少年が急激な上昇をこころみるときがある。偉大な芸術を発表しようとしたり、全世界を救済するために立ち上る。そのときのひらめきの鋭さと、勢いの強さは時に多くの人を感歎せしめるが、残念ながら持続性をもたぬところがその特徴である。彼らはこのようなとき危険をおそれないので、しばしば勇敢な人と思われるが、真実のところその背後に働いているのは太母の子宮への回帰の願いであり、その願いのままに死を迎えることもある。

これらの河合氏の永遠の少年と太母についての記述は『魂のルフラン』の歌詞のあなたと私の関係に相似しています。歌詞の中のあなたは美しい花のようにはかなげですが、私に深く愛されています。私はあなたと同一化することを常に望みます。私に還ることによってエネルギーを得たあなたは飛翔し、しかしそのエネルギーは長続きせず下降します。飛翔と下降を繰り返しても、あなたは常にあなたを待つ太母の元に還り、太母の子宮で新たなエネルギーを獲得して同じことを繰り返します。永遠の少年の魂のルフラン、とこの歌詞を読み替えることもできます。

日本人の男性の心性は永遠の少年のモデルに当てはまる場合が多い、と河合隼雄氏は指摘しています。『魂のルフラン』は太母と永遠の少年が深く結び付くあり方を魂のレベルで表現している、ということもできます。歌い手の美声と印象的なルフランがあいまって、この歌は独自の世界観を展開し、長く愛されています。

「異邦人―シルクロードのテーマ―」

作詞・作曲・歌唱：久保田早紀

歌詞

子供たちが空に向い　両手をひろげ
鳥や雲や夢までも　つかもうとしている
その姿は　きのうまでの何も知らない私
あなたにこの指が届くと信じていた
空と大地が　ふれあう彼方
過去からの旅人を　呼んでる道
あなたにとって私　ただの通りすがり
ちょっとふり向いてみただけの　異邦人

市場へ行く人の波に　身体を預け
石だたみの街角を　ゆらゆらとさまよう
祈りの声　ひずめの音　歌うようなざわめき
私を置きざりに　過ぎてゆく白い朝
時間旅行が　心の傷を
なぜかしら埋めてゆく　不思議な道
サヨナラだけの手紙　迷い続けて書き
あとは哀しみをもて余す　異邦人
あとは哀しみをもて余す　異邦人

この歌世界の無邪気に空に向って手を差し出す子供達は、無限の世界や夢までも摑（つか）むことができる、と感じています。それは歌の主人公の過去の姿でもあります。歌の主人公は女性と設定されているようです。彼女の指は彼に届かないようで、それは彼女と彼の距離感を表現しています。

「空と大地が　ふれあう彼方」は地平線で、その情景が存在するのは、大草原や砂漠など平坦な大地の情景であり、山河のある風景ではありません。また東京のように高層ビルが建てこんでいるような場所でもありません。「シルクロードのテーマ」、という説明的な副題の通り、彼女が見つめているのは砂漠の彼方です。

「過去からの旅人を　呼んでる道」ですが、シルクロードは絹のように高価で軽く貴重なものを東洋から西洋へ運ぶ砂漠の中の道であり、過去、現在を通し、多くの人々が行き交いました。この詞句は気温が上がり、陽射しが眩しすぎる時間帯、陽炎（かげろう）のようにこの道を通った過去の旅人の姿が浮かぶ、と捉えることができます。また無数の星々と月の光る夜、月光に誘われた過去の旅人の面影がほの見える、と捉えることもできます。

道は人や動物の通路であると同時に、霊的存在の通い路でもあります。日本では旧都（筆者注　古くから人が住み続けた都市）の街路や旧道の傍らに、時々お地蔵（じぞう）様が祀られていることがあります。大地を守護する地蔵菩薩は、この世とあの世の境界におられて、幼くしてあの世へ逝ってしまった子供達を守る仏様でもあります。街路や旧道のお地蔵様は町の人々と道行く人々を守護します。

　また日本では道が交わる場所である辻は人の往来が盛んであることから、市が立つことがよくありました。かつて物々交換がされていた時代、以前の持ち主とモノは特別な縁で結ばれていた、と考えられていました。それは、かつての庶民があまりたくさんのモノを持っていなかったから、という事情もあずかっています。市の立つ場とは、前の持ち主とモノとの縁が切れ、新たな持ち主へモノが円滑に渡せる場でもあります。そのような場としての意味も、辻は持っています。この辻の市とシルクロードの市は、どこか相似しているように筆者には思えます。

　シルクロードの道で孤独を感じる主人公は自分とあなたの関係を「あなたにとって私ただの通りすがり　ちょっとふり向いてみただけの　異邦人」とします。彼女は恋を知り、今までの自分ではなくなりました。そして通りすがりの異邦人である自分に振り向いてみただけの彼のことを思います。

「石だたみの街角を　ゆらゆらとさまよう」からわかるように、歌の主人公は街角をさまよいます。石だたみのある街は、それなりの規模と過去から現在にかけての富の蓄積を思わせます。そして「祈りの声　ひずめの音」の祈りの声は、モスクから響くイスラム教徒の祈りの声を思わせます。イスラム教の聖典であるコーランを詠唱する声は音楽的で大変美しい、といわれています。またひずめの音は、石畳に響く家畜、あるいは荷物運搬用の動物の足音です。

「私を置きざりに　過ぎてゆく白い朝」ですが、歌世界の彼女は彼にとって異邦人です。彼女はまた、石畳の街の異邦人であり、街の人々やその生業、そして宗教とはかかわりを持っていません。そのため、街をさまよっても街と深く関わらないため、彼女にだけは白く乾燥した時間が過ぎていくのです。

「時間旅行が　心の傷を　なぜかしら埋めてゆく　不思議な道」の街の道は街から外へ外へ、砂漠の中へ、そしてまだ見ぬ世界へとつながっています。その道は過去から現在、そして未来にも無数の人々が通行していきます。また道は霊的な存在の通路でもあります。日本では古く、道行く人の何気なく発した言葉を聞き、その言葉から目前にいない人の消息を占う、という辻占（つじうら）がなされてきました。市が立つような道の交わる辻で、昼と夜のあわいの時間、つまり黄昏（たそがれ）（筆者注　誰（たれ）そ彼（かれ）、の意味。人の顔の輪郭（りんかく）がぼやける夕方の時間帯）

に辻占がなされました。その時間帯には言霊（筆者注　言葉には魂が宿る、という考え方がある）が活性化され、別次元の消息が他者の言葉を借りて聞こえることがある、と信じられていました。

かつて情報機器が無かった時代、人が遠くの愛しい人のことを知りたいと思ったら、その人を思うしかありませんでした。思いの強さと辻の街路を浮遊する言霊が出会うとき、彼方の消息が聞こえるのです。この辻占はユウラ（夕占）として一九六〇～一九七〇年代までは宮古島でもなされていました。なお辻占を今も行う神社が東大阪市にあります。

日本では古来、道をめぐってこのような民俗が存在していました。それは、砂漠の中の街の道にも存在していたのかもしれない、と筆者は想像しています。人の営みとは違う長い時間、そこに敷かれている道を通ることがそのまま時間旅行なのかもしれません。異邦人として街路をさすらうことによって、異邦人の寂しさと囚われの無さを実感することもまた、心の傷の癒しになるのだろう、と筆者は想像します。

異邦人である彼女は激しく泣きわめくことや、怒ることはありません。哀しみをもて余しつつ、どこか醒めています。この様子は「異邦人」の歌そのものにあてはまります。砂漠の中のそれなりに由緒のある街は美しいですが、そこには砂塵や商人の呼び声や喧噪、そして道行く動物の糞や臭いはありません。勿論、そこにはスリもかっぱらいも詐欺師もおらず、現実感を欠いています。この歌の魅力は美しい世界を透明な歌声で表現することなので、それは当然かもしれません。

　自分と失恋した相手の距離感が異邦人という言葉で表現されていると同時に、自分もまた異国の街の異邦人である、という二重の構造をこの歌世界は持っています。また、大勢の人々が通行し、これからも通行し続けるであろう道、シルクロードという道の持つ神秘的なイメージも投影されています。

「天界」

作詞・作曲・歌唱：久保田早紀

歌詞

この世の全てのものは　ひとつの周期を持ち
宇宙のおきてに従い　月も星もまわる
生まれた時からすでに　今日の日は定められ
あなたに出逢うために　私の道が敷かれていたの

運命とは星のめぐり　名も知らぬ同志が
引き合い　引き寄せられてゆく　エムルーズ　ファルダー　エムルーズ　ファルダー

火を吹いて堕ちてゆく　隕石のような恋は
悲しい性に縛られて　人を変えてしまう
男と女を越えて　愛せる人はひとり
あなたはひとりしかいないのよ　広い世界の中で

運命とは星のめぐり　名も知らぬ同志が
引き合い引き寄せられてゆく　エムルーズ　ファルダー　エムルーズ　ファルダー

この歌は「エムルーズ（今日）ファルダー（明日）」というペルシア語の繰り返しが印象的で、エキゾチックな雰囲気を醸（かも）し出しています。

この歌の「この世の全てのものは　ひとつの周期を持ち　宇宙のおきてに従い　月も星もまわる」は、この世界が人間の手の届かない掟によって動いていることを示しています。今日、地球が自転していることを疑う人はほとんどいません。また月が常に自転しながら地球に同じ面を向けている理由も、説明されています。宇宙の掟の中には、科学者が明らかにした事象がたくさんあります。一方、その宇宙の事象と人生の事柄を結びつける、という発想は天文学とは異なるカテゴリーです。

宇宙の掟に次いで、「生まれた時からすでに　今日の日は定められ　あなたに出逢うために　私の道が敷かれていたの」、とあります。この詞句から筆者が想起したのは、ドイツ・ロマン派の詩人のノヴァーリス（一七七二‐一八〇一）の未完の小説、『青い花』の主人公、ハインリヒが故郷のテューリンゲンを離れる時に抱いた感慨です。夢に見た青い花の面影を恋い慕うハインリヒは「不思議にみちたあの花が目の前に浮かんで見え、青年はたったいま背にしたテューリンゲンを、奇妙な予感を抱いてふりかえった。自分はこれから向かっていく世界からの長い遍歴を終え、いつかまた故国へもどってくるだろう、つまり自分はそもそも故郷へ向かって旅をしているのだ、という気がしたのだ」と感じました。故郷を出たばかりのハインリヒの旅路は、故郷に向かって敷かれた道をたどるもの、と認識されました。ノヴァーリスの死によって小説は未完で終わりましたが、青い花に導かれたハインリヒの旅路の終点はテューリンゲンだったのかもしれません。

「運命とは星のめぐり　名も知らぬ同志が　引き合い　引き寄せられてゆく」は、西洋占星術的な世界観です。そして、その世界観に現代人も良く馴染んでいます。毎朝のニュースを伝える情報番組に星座占いのコーナーが設けられていたり、月刊誌に「今月の星座占い」が掲載されたりするのは、よくあることです。現代では、不可視の霊的な事象や、運命あるいは宿命といった観念は、あまり顧みられなくなっています。しかし、世界が電燈で明るくなり、人々が文字を読み書きする以前の、夜が暗黒で、論理や数理に人々が馴染まなかった時代、人々は天体を見上げ、月や星のめぐりや僅かな変化に目を凝らしていました。そして時に、天体の事象と地上の事象を結び付けて語ることもありました。

奈良時代の史書、『日本書紀』には推古天皇三十六（六二八）年二月に天皇が病に臥し、三月に日蝕が起こり、天皇が崩御（筆者注　天皇が亡くなること）し、四月にはあられが降り、春から夏にかけて旱が続いたことが記されています。寒冷な異常気象は推古三十四（六二六）年にもあり、三十五年にはムジナ（筆者注　穴熊）が人となって歌を歌ったり、蝿の群れが信濃の坂を越えたりする、という凶兆がありました。異常気象や動物の異常行動の末、日蝕が起こり、天皇が崩御したのです。これらの異常事態の重なりは、古代の人々の心性を強くゆすぶった、と筆者は考えます。

「火を吹いて堕ちてゆく　隕石のような恋」ですが、小惑星のような固体物質は地球の大気圏内に入る時、高熱になります。それでも気化せず、地上に落ちたのが隕石です。日本には神社の境内に落ちた隕石があります。福岡県直方市下境の須賀神社に飛来した飛石という石は隕石と鑑定され、神社で保管されています。隕石は地球にたびたび降ってくるのですが、その中で最大なものは恐竜を絶滅させるきっかけを作った、とされる隕石です。隕石はまさに飛んできた石であり、天から落下しました。急激に恋に落ちるたとえとして、火を吹いて堕ちてゆく隕石はふさわしいです。

なお、天然石の業界には隕石ハンターと言われる人々がいます。隕石は地球外の石で、地球には無いパワーがある、と信じる人がおり、高値で取引されるからです。二〇一三年二月十五日、ロシアのチェリャビンスク州に巨大な隕石が落下し、その衝撃波で窓ガラスが割れ、被害が出たことがありました。その後、隕石ハンター達がロシアに入り、隕石の破片を探し回りました。そのチェリャビンスク隕石を、天然石の業者が集まる場で販売している様子を筆者は見たことがあります。数ミリのごく小さい隕石は鑑定書つきで、ガラスの標本箱に入れられ、一万円以上の価格がついていました。火を吹いて堕ち、チェリャビンスクを混乱に陥れた隕石が富を生む、というのも一つの運命かもしれません。

運命の恋、と思っても時間が少したつと日常が勝って強い恋心がさめた、という話はよくききますし、それは仕方がないことです。現代の我々は運命の恋や、天界の定めと呼応する生をあまり信じていない、と思います。ただ、わが平凡な生もどこか別世界につながり、別の理（ことわり）に動かされている、と思う瞬間があります。

そのことを深く詮索（せんさく）する必要はないと思いますが、その別の理の存在を少し知ってみたい、という気持ちも生じます。星占い、タロット占いなどをしてもらいたい、霊能者のところへ行って色々と聞いてみたい、というのは健全な好奇心です。そして占い師や霊能者の言葉が自分の気持ちのどこかを納得させられたら、それでいいのかもしれません。

ただ、人は誰しも自分の物語を欲しています。自分の物語とは、両親から誕生し、幼年、青年、大人、と時間を過ごし、老人になって死んでいく、という単純で直線的なものだけではありません。祖先から伝えられた性質や嗜好（しこう）、そして霊的な資質をもって自分は他者や自分を取り巻く存在と関わり、偶然とは思えない出会いや別れを経験し、泣いたり笑ったり怒ったりし、時々自分が高められたり、貶（おとし）められたような気がし、辛いことや切ないことや心が高揚することがある、というのが人生です。中には、突出した宗教的な体験をしたり、学問や芸術に稀有の才能を発揮する人もいます。また、ドラマチックからほど遠い多くの平凡な人間にとっても、日々の生活の中でささやかな幸せや悲しみはあり、それらの重なりがいつしか自分の物語の大切な構成要素になります。

数多（あまた）の人生の中の最も不可解なのは、突然、恋に落ちることで、それは古今東西の芸術的主題になっています。それが一体なぜ起こるのか、というひとつの答えがこの歌世界の中にあります。それを自分の物語の一部と思うか、全く異次元の物語と思うかは、歌を受容する人による、と思います。

「さくら」

作詞：森山直太朗・御徒町凧
作曲・歌唱：森山直太朗

歌詞

僕らはきっと待ってる　君とまた会える日々を
さくら並木の道の上で　手を振り叫ぶよ
どんなに苦しい時も　君は笑っているから
挫(くじ)けそうになりかけても　頑張れる気がしたよ

霞みゆく景色の中に　あの日の唄が聴こえる

さくら　さくら　今、咲き誇る
刹那(せつな)に散りゆく運命(さだめ)と知って
さらば友よ　旅立ちの刻(とき)　変わらないその想いを　今

今なら言えるだろうか　偽りのない言葉
輝ける君の未来を願う　本当の言葉

移りゆく街はまるで　僕らを急(せ)かすように

さくら　さくら　ただ舞い落ちる
いつか生まれ変わる瞬間(とき)を信じ
泣くな友よ　今惜別の時　飾らないあの笑顔で　さあ
さくら　さくら　いざ舞い上がれ

永遠にさんざめく光を浴びて
さらば友よ　またこの場所で会おう
さくら舞い散る道の上で

「さくら」の歌世界では、桜を背景に友との別れ、そして先の再会を期すことが歌われています。咲き誇る桜、舞い散る桜、舞い上がれと促される桜の情景は、まさに「移りゆく街はまるで　僕らを急かすように」という心情につながります。

日本人は古来、桜を愛好してきました。奈良時代の『万葉集』に桜の歌は少ないですが、平安時代以降、春の景物というと桜が第一となります。サクラのサは穀物を稔らせる霊（筆者注　穀霊(こくれい)）、クラは神の座、という説もあります。また富士山の女神であり、咲く花のように美しいコノハナノサクヤビメのサクヤとサクラが関係ある、という説もあります。桜の開花は農作業の目安の一つであり、開花の具合によって作物の出来を占うこともなされました。なお現代、桜というとソメイヨシノが有名ですが、この種類は江戸時代後期から明治時代に育成された比較的新しい品種です。平安時代の和歌世界の桜は、ヤマザクラなど古くから日本にあった桜です。

鎌倉時代の著名な歌人、西行法師は桜を愛し、「願はくは　花の下にて　春死なむ　その如月の　望月のころ」という歌を詠みました。西行は旧暦二月十五日の桜の季節に死にたいと願い、実際に二月十六日に亡くなりました。西行の歌群の中にはこの世の執着を捨てた出家の身なのに吉野の山の桜が気になる、吉野山の奥深くにわけいり、桜を訪ねよう、といった歌があります。

一方、桜は不吉なイメージを宿すこともあります。梶井基次郎の作品集『檸檬』所収の「桜の樹の下には」は「桜の樹の下には屍体が埋まっている！　これは信じていいことなんだよ。何故って、桜の花があんなにも見事に咲くなんて信じられないことじゃないか。俺はあの美しさが信じられないので、この二三日不安だった。しかしいま、やっとわかるときが来た。桜の樹の下には屍体が埋まっている。これは信じていいことだ」とあります。

『万葉集』には紅葉した葉が散り落ちていく、その「散りのまがひ」に愛する妻が世を去ってしまった、という嘆きの歌があります。また「春花の　散りのまがひに　死ぬべき思へば（春の花の散り交うのにまぎれて、はかなく死んでしまうのかと思うと）」という詞句もあります。花が散る時、あるいは紅葉が散る時は、風で花や葉が舞い散り、見慣れた風景がかき乱される瞬間があります。その時、花や葉の散り乱れにまぎれて死の世界が見える、というのです。

美しい満開の桜を愛で、桜の木の下で酒盛りをするのは日本の春の風物詩です。その桜が散る時、散りのまがひにふと死の世界をみる、という感性が和歌にありました。また美しい桜に惑乱され、木の下に屍（しかばね）の存在を思う作家もいました。

舞い散る桜の彼方に別次元や別世界が垣間見える、とする感性と「さくら」の歌詞世界は無関係ではありません。惜別から時間を隔ての再会、永遠にさんざめく光を浴びる未来の桜の花は、舞い散り、舞い上がる今の桜吹雪の彼方にみえます。桜が咲くひと時は、花木の美を愛でるだけではありません。開花を待ち、咲き初める蕾（つぼみ）を愛おしみ、開きゆく桜に喜びを感じ、満開になった桜が少しでも長持ちするように願い、散りゆく花を惜しみ、やがて桜吹雪の中で桜色に心を染め、来る年の桜との再会を願う、そのような桜好きの日本人の心性に「さくら」の歌詞世界が訴えかけるものは大きいのではないでしょうか。

「夏の終わり」

作詞：森山直太朗・御徒町凧
作曲・歌唱：森山直太朗

歌詞

水芭蕉（みずばしょう）揺れる畦道（あぜみち）　肩並べ夢を紡（つむ）いだ
流れゆく時に　笹舟を浮かべ
焼け落ちた夏の恋唄　忘れじの人は泡沫（うたかた）
空は夕暮れ

途方に暮れたまま　降り止まぬ雨の中
貴方を待っていた　人影のない駅で

夏の終わり　夏の終わりには　ただ貴方に会いたくなるの
いつかと同じ風吹き抜けるから

追憶は人の心の　傷口に深く染み入り
霞立つ野辺に　夏草は茂り
あれからどれだけの時が　徒（いたずら）に過ぎただろうか
せせらぎのように

誰かが言いかけた　言葉寄せ集めても
誰もが忘れゆく　夏の日は帰らない

夏の祈り　夏の祈りは　妙なる蛍火の調べ
風が揺らした　風鈴の響き

夏の終わり　夏の終わりには　ただ貴方に会いたくなるの
いつかと同じ風吹き抜けるから
夏の終わり　夏の終わりには　ただ貴方に会いたくなるの
いつかと同じ風吹き抜けるから

この歌世界は女性による男性との夏の日の恋の追憶、という形をとっています。ただ、「焼け落ちた夏の恋唄」の「焼け落ちた」という強い表現からは、単なる追憶ではないことがわかります。そして「忘れじの人は泡沫」とは忘れられない人がうたかた、こと泡になってしまったこと、つまり亡くなってしまったことを暗示しています。森山氏がこの歌を発表後、しばらくあとにこの曲は反戦歌だと述べたそうです。

夏は日本の第二次世界大戦の敗戦の記憶が甦る季節です。それと同時に、死者供養の季節でもあります。夏に亡くなった人を思い出す、という感覚は「お盆だからお墓参りに行く」という慣習を持つ家に生まれたら、何となくわかるのかもしれません。歌世界の女性は、水芭蕉揺れる畦道、肩を並べて夢を語り合ったこと、笹舟を浮かべたことを思い返します。笹舟が浮かぶのは「流れゆく時」で、その時から時が経ったことがわかります。焼け落ちた恋唄の、焼け落ちた炎の色に似た、空は夕暮れです。女性は「途方に暮れたまま　降り止まぬ雨の中」、貴方を人影のない駅で待っています。雨は見慣れた風景を変えるとともに、人の感情を掻き立てます。雨の中、途方に暮れて待つ女性に、待つ喜びはありません。

　待つことは、女性にとってつまらないこと、と見なされがちです。しかし、目前にいない相手を待つことは、相手のことだけを考えて時間を過ごすことです。古来、待つ女性は和歌や文学作品、そして絵画のテーマになってきました。それは、待つ女性がつまらないことをしているからではなく、愛する男性をひたすらに待つ姿が美しいからです。この歌世界の女性は、待っても待っても仕方がないことを知っており、途方にくれています。

　そして「夏の終わり　夏の終わりには　ただ貴方に会いたくなるの　いつかと同じ風吹き抜けるから」と終盤に繰り返される有名なフレーズが置かれます。この「いつか」とは貴方と私が同じ風を感じた時でしょう。夏の終わりの秋の気配を含んだ風について、『古今和歌集』の藤原敏行の歌に「秋来ぬと　目にはさやかに　見えねども　風の音にぞ　おどろかれぬる（秋が来たとはっきりと目には見えないけれど、風の音ではっと気づきました）」とあります。この歌は立秋の歌ですが、風が季節を運ぶことをよく表現しています。

あわせて、風は霊魂と深く関わります。民俗世界の中にはミサキの風という災いの風があります。また七人ミサキという悪霊もあります。四国地方では、災厄で死亡した七人組の亡霊がおり、七人ミサキに出会った人は高熱を発して死んでしまう、と言われています。そして新たな死者が七人ミサキに加わり、一人の亡霊が成仏するので、七人ミサキは常に七人である、ということです。ミサキの風に当たると、人は悪寒がし、発熱し、死に至る病になることもある、とされています。これはまさに悪霊の風で、他に辻に吹く辻風も、悪霊の風と見なされる場合がありました。

風は大気現象ですが、何者にも縛られず、自由に吹き抜けます。その自在なあり方から、夏の終わり、時間の彼方から貴方の魂が風となって吹き抜けて行く、その風に吹かれたい、という女性の思いが示されている、と捉えることもできます。

「追憶は人の心の　傷口に深く染み入り」は追憶が記憶の奥底に沈んでいるのではなく、生々しく、触ると血が噴き出すようなもの、とされています。このような追憶は、女性が貴方を失った時の衝撃が強く、彼女の時間がそこで止まってしまったことを暗示しているのかもしれません。そして「霞立つ野辺に　夏草は茂り　あれからどれだけの時が　徒に過ぎただろうか　せせらぎのように」と続きます。霞立つ野辺に、強い生命力の夏草は茂る、歳月は空しく静かにゆるやかに、小川のせせらぎのように過ぎる、どれだけの時が過ぎたのか、という問いかけは、実際の時間と女性が感じる時間の流れの差異を表現しています。

追憶が傷を深める時間が止まった女性にとっても、外側の時間は流れていきます。その空しさが感じられます。「誰かが言いかけた　言葉寄せ集めても　誰もが忘れゆく　夏の日は帰らない」の「誰か」は行きずりの誰かの言葉を女性が生半可に聞き覚えていたのかもしれない、と想像します。我々は歩いていて、時に電車やバスの中で、見知らぬ人の言葉を印象的に聞き覚えることがあります。それらは自分には無関係な言葉の場合がほとんどですが、なぜだか聞こえてしまうことがあります。そういった言葉をいくら寄せ集めても、誰もが忘れていくあの時、あの大事な夏の日は帰ってきません。
　この詞句から、筆者は石川啄木の「かの時に　言ひそびれたる　大切の　言葉は今も胸に残れど」を想起しました。啄木の歌で、主人公は言いそびれた大切な言葉を胸の中に持ち続けています。一方、「夏の終わり」の女性に聞こえた中途半端な言葉は、まさに浮遊するだけでまとまりを持ちません。

「夏の祈り　夏の祈りは　妙なる蛍火の調べ　風が揺らした　風鈴の響き」は夏の祈りが女性にとって蛍火の諧調と風が揺らした風鈴の響きであることが示されます。この風は単なる風ではなく、祈りに感応した霊的な風かもしれません。

　なお蛍火の一定の間隔をおいての点滅を調べと表現することは、蛍が光を放つ昆虫であること以上の意味がありそうです。平安時代の女流歌人として有名な和泉式部は「物思へば　沢の蛍も　わが身より　あくがれ出づる　魂かとぞみる」という歌を作っています。恋の物思いをしていると、沢の蛍も我が身からさまよい出た魂かと見えたことだ、という意味です。あくがれは憧れると同じ意味の古語です。魂がさまよい出るほど心惹かれることが、憧れることです。和泉式部の歌は、蛍が魂の象徴となることを教えてくれます。

夏の祈りに感応するのは魂を象徴する蛍火の調べと、霊的な風が揺らす風鈴の響きです。そして「夏の終わり　夏の終わりには　ただ貴方に会いたくなるの　いつかと同じ風吹き抜けるから」が繰り返されて歌が終わります。

「夏の終わり」は夏の終わりの、その一時を歌っています。日本の蒸し暑い夏に心身共に疲れた人々は、秋の到来を喜びます。しかし、夏の終わりで時間が止まってしまった女性がいること、その悲しみは彼女が生きている限り消え去ることはないことを、この歌は静かに語りかけています。

「ワダツミの木」

作詞作曲：上田現
歌唱：元ちとせ

歌詞

赤く錆(さ)びた月の夜に　小さな船をうかべましょう
うすい透明な風は　二人を遠く遠くに流しました
どこまでもまっすぐに進んで　同じ所をぐるぐる廻って
星もない暗闇で　さまよう二人がうたう歌
波よ　もし聞こえるなら　少し　今声をひそめて

私の足が海の底を捉えて砂にふれたころ
長い髪は枝となって　やがて大きな花をつけました

ここにいるよ　あなたが迷わぬように
ここにいるよ　あなたが探さぬよう

星に花は照らされて　伸びゆく木は水の上
波よ　もし聞こえるなら　少し　今声をひそめて
優しく揺れた水面に　映る赤い花の島
波よ　もし聞こえるなら　少し　今声をひそめて
Woo…Woo…Woo…

この歌を作詞した上田現氏によると、歌詞の内容は「ある女性が、人を好きになるあまり花になってしまう」物語である、ということです。

ワダツミとは海神のことで、海神の統べる海の世界も意味します。そこにある木がワダツミの木です。題名から、この歌が現実離れしたイメージの世界を歌っている、ということがわかります。なお日本神話には、海神（わたつみ）の宮に地上の天皇家の祖神である男神が訪れ、宮の門の傍らの泉のほとりの湯津香木（ゆつかつら）に上る、という場面があります。神話では「わたつみ」で、「た」に濁点はありません。水を汲みにきた女性がその神を見つけ、女主人である海神の娘のもとに男神を導き、やがて二神は結ばれます。

この聖なる桂（ゆつかつら）はまさに神話世界のワタツミの木です。この木の上に男神がいたのは、聖なる樹木に神霊が依りつく、という観念があるからです。しかし、海神の世界に木があり、水汲みをする女性がいる、ということは奇異なように思えます。日本神話の世界では、海神の国の神々は人の姿をしており、地上の人々と同じ生活をしています。しかし、海神の国の女神が、天皇家の祖となる子を地上で産むとき、女神は元の国での姿となります。彼女は地上の産屋で巨大な鮫（筆者注　神話では八尋鰐（やひろわに）と書かれるが、このワニはサメのこと）の姿で出産し、のぞき見た男神の度肝をぬくことになります。

神話の記述から考えると、海神の国の神々は実は巨大な鮫や龍などの水界の聖獣が本来の姿である、と言えるのかもしれません。そうであるならば、聖なる桂は巨大な海藻か枝珊瑚なのかもしれない、と想像することもできます。ただ、神話世界の事物について深く詮索しても仕方がない部分もあるので、想像はこれまでにします。

歌世界の時間帯は、赤く錆びた月の夜です。月光は、普通は赤く錆びた色はしていません。時々、赤みを帯びた月が出現することはあり、そのような赤い月は不吉なことが起こる前触れ、と言われることがあります。具体的には地震や災害の予兆、とされる場合もあります。この歌世界の赤く錆びた月は、金属の月がかつては新しくきらきら輝いていたのに、今や古び、赤く錆びてしまったようにもよめます。このことは歌世界の時が過去の神話や伝承の時代である、ということを示しているのかもしれません。

その赤く錆びた月の夜のあまり明瞭ではない光の中、二人は小さい船に乗ります。船を運ぶのは風ですが、風は薄く透明です。風が薄い、あるいは風が透明だ、というのは風の比喩で、船はあたかも風のつくる薄い透明な道を通って彼方へ運ばれるようです。どこまでもまっすぐ進んだ船は、同じ所を廻ります。それは、船が目的の場所にたどり着いたことを示しています。

次の場面では赤く錆びた月はなく、星もない暗闇となり、二人は歌を歌い、波に声をひそめて、と呼びかけます。それは、高鳴る潮音を抑え、穏やかな波音になってくれ、との呼びかけです。そしていつの間にか船と一人の人は消えており、私の足は海底の砂をとらえ、長い髪は枝になり、花をつけます。この私は女性で、女性がワダツミの木となったわけです。

その情景に次いで「ここにいるよ　あなたが迷わぬように　ここにいるよ　あなたが探さぬよう」という詞句があります。「ここにいる」のはワダツミの木であり、女性でもあるものです。ワダツミの木は自分が永遠にここにいることを、あなたに語りかけます。

次の場面には赤く錆びた月は無く、星が花を照らし、木は水の上に伸びていきます。そして、穏やかな波に優しく揺れた水面には赤い花の島が映っています。ワダツミの木はいつの間にか赤い花の島の木となっています。この星に照らされた赤い花の島は、女性が化身したワダツミの木がさらに変容した姿、と捉えることもできます。

星は夜空の指標の意味を持っていました。かつて大航海時代と呼ばれた時期、ヨーロッパから一攫千金の夢を求めて新大陸に乗り出していった人々がいました。その人々が北半球では北極星や北斗七星、南半球では南十字星を指標としていたことはよく知られています。星に照らされた赤い花の島は、空の星と対応する海神の世界の島であり、ワダツミの木の花を宿しています。星を頼りに、あなたはいつでもこのワダツミの木の赤い花の島にたどり着くことができる、とこの歌世界は語っています。

赤い花は恋の色を示しているのかもしれません。それと同時に歌世界の初めの赤く錆びた月に対応しています。赤い錆、というあまり美しくない風合いは、赤い花に昇華します。常にここにいる、あなたが迷わないように、あなたが探さないように、という呼びかけは、赤い花が不変であり、花の島がいつまでも同じ場所で星影を宿しながら存在し続けることを意味します。

「ワダツミの木」の歌世界は、神話的なイメージを用い、人が花咲く木へ、やがて島へと変容することを歌っています。ギリシア神話では、アポロンに追いかけられたダフネが月桂樹に化身しました。月桂樹はデルフォイの競技会で優勝した者が身に着ける月桂冠の木でもあります。

「ワダツミの木」の女性は男性から逃げたわけではありませんが、花咲く木になり、島になりました。この島は成り立ちからして女性と関係が深い島です。航海安全の女神を奉斎する宗像大社の沖津宮のある沖ノ島は、女神の島であるがゆえに女性の上陸はかないません。同じく女神の島である神奈川県の江ノ島や琵琶湖の竹生島は、現世利益の女神、弁才天を祀り、多くの参拝者を集めています。

そのように信仰を集める女神の島とは違い、「ワダツミの木」の赤い花の島はもっとひっそりとしています。それは、この島のことを知るのがあなただけでいいからではないでしょうか。星に照らされたワダツミの世界の神秘の島は、赤い花を咲かせながらそこに存在し続けます。そこに行きつくことが叶わなくても、そこに島が存在することが慰めであり、憧れである、そのように思います。

「君ヲ想フ」

作詞：元ちとせ・HUSSY_R
作曲：ハシケン
歌唱：元ちとせ

歌詞

紅く　棚引く雲は　誰の泣き顔か　灯り　消えて点って　明日を手招いている
ひとりで行くと決めた時に　確かに心が　宿命という声を聞いた
窓に浮かんだ景色　今を縁取れば　出せない絵葉書の中　街が呼吸している
振り回されて千切れぬように　流れを感じる　魂までも失くさぬように

咲いては枯れゆく花　ゆらりゆれる　それでも　なぜ　こんなにも　君を想うの?
Ah…　Ah…
過ぎ去り　また燃える夏　めぐりめぐる　今でも　離れても　なお　君を想うよ
咲いては枯れゆく花　ゆらりゆれる　それでも　なぜ　こんなにも　君を想うの?

この歌の題名は古風な印象を与えます。それは、「おもう」ではなく「おもふ」という古典的な仮名遣いをしているのと、ヲやフに片仮名が用いられているからです。また「想ふ」はなぜ「思ふ」ではないのか、という疑問も生じます。

漢和辞典によると、「思」は「心のしごと・心のはたらきを意味する」とあります。そして「想」は「心に形・すがたを思い浮べる意」とあります。この歌は目前にはいない君への感情を歌っているので、「想ふ」がふさわしいのがよくわかります。

それでは、この歌の君とは誰でしょうか。日本本土にあっては、君は男性をさします。それは、『万葉集』の笠女郎(かさのいらつめ)の大伴家持(おほとものやかもち)への歌、巻四 - 五九三「君(きみ)に恋(こ)ひ　いたもすべ

なみ　奈良山の　小松が下に　立ち嘆くかも（君恋しさにじっとしていられなくて、奈良山の小松の下に立ちいでて嘆いております）」からも明らかです。君である大伴家持への恋心を持て余す笠女郎は、小松の下で嘆いている、というのです。笠女郎が一体どのような人生を送ったかわかりませんが、天平時代の女性の恋心は、五九三を含む歌群によって現代に伝わっています。大伴家持は大伴旅人の長男で、『万葉集』の編纂に重要な役割を果たした、とされています。万葉末期を代表する歌人でもあります。

なお、君に大がついて大君となると、『万葉集』では天皇を意味します。大伴家持による「陸奥の国に金を出だす　詔書を賀く歌（東北で金が発見された　天皇の　詔　をことほぐ歌）」、巻十八-四〇九四の中盤に、大伴家の祖先が天皇に仕えてきたことが歌い上げられています。その部分は「大伴の　遠つ神祖の　その名をば　大久米主と　負ひ持ちて　仕へし官　海行かば　水漬く屍　山行かば　草生す屍　大君の　辺にこそ死なめ　かへり見は　せじと言立て　ますらをの　清きその名を　いにしへよ　今のをつつに　流さへる　祖の子どもぞ（大伴の遠い祖先の神、その名は大久米部の主という誉れを背にお仕えしてきた役目柄、「海を行くなら水漬く屍、山を行くなら草生す屍となり、大君の辺に死のうと本望、我が身を顧みるようなことはすまい」と言葉に唱えて誓ってきた丈夫のいさぎよい名、その名を遠く遥かなる時代から今の今まで絶えることなく伝えてきた、祖先の末裔なのだ）」となっており、大伴家の祖先達が武人として大君（天皇）に仕えてきたことが雄渾に歌われています。

　ところで、かつての琉球王国の政治のトップは国王でした。その国王に対応する宗教的なトップは王族の貴婦人が就任する聞得大君でした。聞得大君は職名であり、俸給もついていました。聞得大君を頂点とする神女組織（筆者注　琉球的な神を祀る女性の組織）には、大君、君、のろ、などの階層がありました。琉球では、君や大君というと王族の貴婦人の神女職をさしたのです。これは日本の古代とは異なっている点です。

　この歌世界は女性の気持を歌っています。まず「紅く棚引く雲」は夕暮れを示しています。灯りが消えたり点ったりする時間、そして明日を手招く時間は、写真を撮る人にはマジックアワーと呼ばれる被写体が美しく映る時間です。その時は黄昏時でもあります。筆者の民俗学の先生によると、「幽霊というものは、道行く人の顔がはっきり見えなくなり、「誰そ、彼」となる黄昏時に、お地蔵様があるような辻に出るものです。柳の下に手をぶら下げて丑三つ時に出る足の無い幽霊は、江戸時代の絵から始まっていて、幽霊としては素人です」とのことです。幽霊にプロと素人がいるかどうかはとにかく、黄昏時はかつての民俗においては特別な時間でした。その時間に道が交差する辻に出て、道行く人の言葉を聞いて占う辻占という風習があったことは、本著の別の箇所で述べています。

女性は横に広がる雲に誰かの泣き顔を連想しています。そしてひとりで行くと決めた時、心に宿命という声を聞いた、といいます。宿命は前世から決まっている変えようのない運命です。筆者が宿命から想起するのは「宿命の女（ファム・ファタル）」という言葉です。宿命の女は主に文学や美術作品に登場し、男性を虜にし、破滅に向かわせる存在です。カルメンやサロメは名高い宿命の女です。宿命の女は悪女と言われることがありますが、女としての魅力に溢れた、まさに女の中の女のように筆者には思えます。

歌世界の女性はそこまで激しい宿命の女では無さそうです。彼女は一人の宿命を引き受け、窓の外の景色を見ます。景色はマジックアワーによって絵葉書のように、まさに絵になる情景となっています。そして人々が行き交う街が、それ自体命をもって呼吸している、と感じています。

そして彼女は「振り回されて千切れぬように」と自分に言い聞かせています。さらに

「流れを感じる魂までも失くさぬように」と続きます。この流れを感じる魂とは何でしょうか。そのヒントになるのが、魂魄（こんぱく）という言葉です。魂も魄も「たましい」を意味し、人が生きているときは魂と魄が一体とされています。しかし、人が死ぬと魂は天上にのぼり、魄は地上にとどまる、とされていました。魂は漢和辞典によると死者を意味する鬼と、音を表現すると同時に立ち上る意味を示す云から成っています。そして魄は鬼と、音と同時に白い骨を意味する白から成っています。

魂と魄のどちらが「流れを感じる」のか、というとそれは魂でしょう。魄は死者の肉体が朽ちても残り続ける白骨であり、落ちぶれることを意味する落魄（らくはく）という熟語からわかるように、活気や生気はあまり感じられません。魄は人にとって無くてはならない土台のような部分で、魂は外界に生き生きとした反応を示す部分、と言えるのかもしれません。

沖縄では魂のことをマブイといいます。子供がぼんやりしたり、顔色が悪かったりすると、「これはマブイをどこかで落としてきたのではないか」と子供の祖母が思うことがあります。お婆さんは「どこで転んだか？　どこかでびっくりしたか？」と子供に尋ねます。子供が転んだ場所や驚いた場所を言うと、そこへ子供とお婆さんが一緒に行き、お婆さんが「この子の落ちたマブイを入れます」と、地面に近い空中から見えない何かをつかみ、子供の頭あたりに入れる仕草をしてお呪い(まじない)を唱えます。マブイを入れる方法は他にもありますが、ここでは最も簡単な方法を示しています。それで子供が元気になればめでたしめでたしです。しかし、それでも元気にならなければ病気を疑って病院に行くほかに、土俗シャーマニズムの担い手のユタに相談することもあります。なおマブイを入れることをマブイゴメ（マブイグミ）といいます。

筆者の知人の姉は沖縄で就職しています。彼女が車で通勤する途中、交通事故の現場を見てしまいました。職場に遅刻し、しかもちょっとぼんやりしていた彼女を見た同僚の沖縄女性が、「ああ、マブイが抜けている。入れなきゃね」と言って、彼女をイスに座らせ、簡単なお呪い(まじない)を唱え、目に見えない何かを頭の当たりに入れる仕草をし、頭と肩をポンポンと優しく叩いたそうです。そうしたら、彼女は何となく元気が出たそうです。本土出身の彼女は、「沖縄の普通の女性がそんなことができるのに驚いた」と後で感想を述べたそうです。なおマブイは五つ、あるいは七つあり、一つくらい落ちても大丈夫だが、複数落ちると命にかかわる、と言われています。マブイの数や語源については諸説ありますが、ここでは触れません。また、大人であってもマブイの落ちやすい人がいる、と言われています。

生気を失った状態の人を見て、マブイが落ちていると判断するのは、その精神文化になじんでいないと不思議に感じます。ただ、忙しすぎる現代人達の中には朝から生気が感じられない人もいます。スマートフォンやパソコンを使いこなしているつもりで機械に使われている人々は、マブイという名もある魂をどこかで落としたか失くしたか、あるいはマブイが影のように実体なく薄くなっているのかもしれません。

次節の「咲いては枯れゆく花」は季節のうつろいを示します。花は盛りになるとその重みでうつむき、風で揺れ、やがて枯れていきます。枯れるからこそ美しい花、四季の極まりでもある炎暑は、毎年めぐってきます。めぐる季節の中「なぜ　こんなにも　君を想うの?」という問いかけ、そして「今でも　離れても　なお　君を想うよ」という述懐がなされます。恋が花に譬(たと)えられるなら、花が枯れゆけば想いは失せるのに、恋が季節に譬えられるなら、夏がピークのはずなのに、今でも、離れてもなお君を想う、という女性の気持が示されて歌は終わります。

彼女は一人の宿命を引き受けています。それは君と運命が交わらないことを意味します。

一人だから、肉体を持たない女と男だから君を想う、一緒に暮らすと雑な日常に邪魔されるが、それがないから純粋に君を想う、離れているからこそ、なお君を想う、とこの歌の後半部分を読み替えることもできます。魂と肉体を共有する生々しい男女の恋や愛ではなく、彼女の中で完結している君への想いは明るく、どこかあっけらかんとしています。その想いがいつまでも続くのか、それとも日常の些事(さじ)の中で消えていくのかは、彼女のこれからの生き方次第ではないでしょうか。

#「月のしずく」

作詞：Satomi
作曲：松本良喜
歌唱：RUI（柴咲コウ）

歌詞

言ノ葉（ことのは）は　月のしずくの恋文（しらべ）
哀しみは　泡沫（うたかた）の夢幻（むげん）
匂艶（にじいろ）は　愛をささやく吐息
戦（いくさ）　災（わざわ）う声は　蟬時雨（せみしぐれ）の風

時間の果てで　冷めゆく愛の温度(ぬくもり)
過ぎし儚(はかな)き　思い出を照らしてゆく

「逢いたい…」と思う気持ちは
そっと今、願いになる
哀しみを月のしずくが　今日もまた濡(ぬ)らしてゆく

下弦の月が　浮かぶ
鏡のような水面(みなも)

世に咲き誇った　万葉(まんよう)の花は移りにけりな
哀しみで人の心を　染めゆく

「恋しい…」と詠む言ノ葉(ことのは)は

そっと　今、天つ彼方
哀しみを月のしずくが　今日もまた濡らしてゆく

「逢いたい…」と思う気持ちは
そっと今、願いになる
哀しみを月のしずくが　今日もまた濡らしてゆく

下弦の月が　謡う
永遠に続く愛を…

この歌は『黄泉がえり』という映画の主題歌です。『黄泉がえり』では亡き人が、亡き人を思い続ける現世の人の前に現れる、という設定となっています。その世界は、生と死の境界がゆらいでいる、ということができます。

この歌の歌い手、RUIは映画ではしばらく音楽活動をしていなかったため、死亡説も流された歌姫です。RUIは、自分の願いによってよみがえったキーボード奏者の恋人と活動を再開し、物語の中でコンサートを開きます。そこで「月のしずく」も歌われます。

この歌の歌詞は、一見すればわかるように、意図的に古典的な言葉を用いています。具体的には、言葉をコトノハと表現したり、うたかた（泡）、みなも（水面）、「万葉の花は移りにけりな」、「あまつ彼方」、などを用いています。それによって「月のしずく」は現代日本の歌であると同時に、どこか神秘的で古風な雰囲気を感じさせます。

「花は移りにけりな」から筆者は「花の色は　移りにけりな　いたづらに　我が身よにふる　ながめせしまに（小野小町）」という小倉百人一首にも採られた『古今和歌集』の著名な和歌を思い起こします。小野小町は絶世の美女として、伝説の世界で名を残していきます。和歌では、桜の花が雨によって移ろうことと、物思いにふけっている間に我が身にも時が経ってしまったことを重ね合わせて歌っています。

「月のしずく」は人間ドラマを歌っているわけではありません。それでは何を歌っているかというと、哀しみと愛、そして下弦の月の照らす夜の世界です。下弦の月は太陰暦では月の下旬に登場し、深夜過ぎや、未明にも見えやすいです。この下弦の月の出現する時間帯は午前二時を中心とする二時間、すなわち丑(うし)の刻(こく)も含みます。丑の刻の中でも丑三つ時（午前二時から二時半）は魔物が跳梁(ちょうりょう)する時間として日本民俗では有名です。その時間帯に、神社の御神木に憎い相手に見立てた呪いの藁人形(わらにんぎょう)を五寸釘で打ち込む、という丑の刻参りは、鉄輪(かなわ)をかぶり、そこに三本のロウソクを立てて火を灯し、白装束で髪をふり乱した嫉妬に狂った女が行うとされています。

なぜそんなことが丑の刻になされるのかというと、夜更けの特別な時間帯は、現実と異界、あるいは他界との境界が曖昧になり、願いが邪な神に通りやすい、という認識があるからです。現実世界にも、そのような時間があります。それは、辻占の時間です。辻占とは、昼と夜の間の時間帯である夕方、辻に出て道行く人が何気なく発した言葉を聞き、自分の知りたいことを占う、というものです。この事例は『万葉集』に見られます。なお辻占については本著の別の箇所でも言及しています。

その辻占のような事象に、筆者は遭遇したことがあります。筆者が娘と京都へ行った時のことでした。宿泊したホテルの近くに神社があり、天神様も合祀され、天神様にゆかりのある牛の像も境内にありました。当時大学生だったにもかかわらず子供っぽい娘は、神社の近くを通るたびに御祭神に手を合わせつつ、「牛可愛い、牛の前髪は巻き毛だ」などと言って牛を撫でていました。

家に帰る日、娘は神社を拝んだ後、牛を撫で、「ばいばい、牛」と言って境内を出ました。そうしたら、自転車で歌いながら通り過ぎる女性がおり、「置いてゆくのね〜〜」という歌声がはっきりと聞こえました。それは、娘に置いていかれた牛の声のように筆者には聞こえました。帰宅してインターネットで調べてみたら、「置いてゆくのね〜〜」は当時のＮＨＫの連続ドラマ、「あまちゃん」の劇中歌の一節でした。

石の牛の像は、後からインターネットで検索してみると、時々、前掛けを替えてもらったり、お供え物があがっていたりしていました。牛を聖なる存在として、きちんとお世話をしている地元の方がいらっしゃる、とその様子から思いました。ただ牛は、かつては近所の子供達によく遊んでもらっていたのだと思います。おもちゃもぬいぐるみも庶民の子が気軽に持てなかった時代、子供達は近所の神社の牛の像を撫でたり、可愛がったり、話しかけたりしたのだと思います。神様の傍にいるのでちょっと霊力もある牛はその楽しかったことを覚えていて、子供っぽい娘のすることを喜び、娘と別れるのが少し悲しくて、道行く人の歌声でそれを伝えたのかもしれない、と筆者は想像しました。

　ちなみに牛のいた神社の近くにはお地蔵様が祀られており、「置いてゆくのね〜〜」の歌声を聞いたのは夕方でした。まさに辻占の時間帯に、筆者と娘は牛の声を聞いたのでした。娘は「あれは面白かったから、またそんなことはないかな」と言ったことがありました。筆者は「あまりそんなことがたくさんあったら、命をとられるから、あのくらいでいい」と述べました。現世と異次元の境界がたびたび開かれるのは、筆者には危険に思えます。

『黄泉がえり』は思い続けた死者に出会った現世の人々の、出会いの喜びと再びの別れの物語です。下弦の月から滴り落ちたしずくは、死者と生者双方の思いをこめた言ノ葉でした。それは哀しみですが、下弦の月は不変の思い出を照らしています。にじいろは、命溢れる愛の日々、災いと、その最たるものである戦いは、さながら蟬しぐれのように騒々しく響く、と歌世界では語られます。

「逢いたい」との思いが叶うと、それは再びの別れの始まりになります。下弦の月は鏡のような水面に浮かびます。それはどちらの月が本物かわからないほど相似しています。

天の下弦の月と水面の下弦の月は、さながら現世と死者の世界のようです。ひと時、咲き誇った万の言ノ葉は花となりますが、別れによって花はうつろい、現世の人の心は哀しみで染まります。

「恋しい」との言ノ葉は歌に詠めば天つ彼方に届くのかもしれません。かつて紀貫之は『古今和歌集』の仮名序で「(歌は)力も入れず天地を動かし、目に見えない鬼神をもあわれと思わせる」と述べました。生死が再び分かたれたことを現世の人々は哀しみます。月のしずくは、哀しみを慰めるのではなく、永遠の愛を謡う言ノ葉として、人々の上に静かに滴り落ち続けるのです。

なお筆者はかつて『うたの神話学』(森話社、二〇一〇年)で古代、月が変若水(をちみず、若返りの水)を持つ、とされていたことを述べました。月にある霊水は、八月十五夜の満月の夜、月の雫として滴り落ち、里芋の葉の上に円かな露として結びます。その露をつけると肌がきれいになる、とかつて言われていました。下弦の月からしずくが滴り落ちる、という歌世界は、下弦の月と共に生と死の境界がゆらぐ時間を過ごし、暁になると放射冷却によって植物に露が結び、見慣れた草木や花が露によって輝く、という現実が背景にあります。

また宮澤賢治は『春と修羅 第二集』の「三七四 河原坊（山脚の黎明）（一九二五、八、一一）」の中で「ほう、月が象嵌されてゐる せいせい水を吸ひあげる 楢やいたやの梢の上に 匂やかな黄金の円蓋を被って しづかに白い下弦の月がかかってゐる 空がまたなんとふしぎな色だらう それは薄明の銀の素質と 夜の経紙の鼠いろとの複合だ」、「月のきれいな円光が 楢の梢にかくされる わたくしはまた空気の中を泳いで このもとの白いねどこへ漂着する 月のまはりの黄の円光がうすれて行く 雲がそいつを耗らすのだ いま鉛いろに錆びて 月さへ遂に消えて行く ……真珠が曇り蛋白石（筆者注 オパール）が死ぬやうに……」と下弦の月を描写しています。

下弦の月の光が次第に薄れ、薄明の空が不思議な色合いをしていることを、賢治は描写しています。下弦の月は漆黒の夜の闇と朝、つまり二つの世界の間に存在しています。

生者達の哀しみは死者達の哀しみであり、それを結びつけるのが下弦の月のしずくであることを、歌世界は美しく表現しています。あわせて愛でもある哀しみは永遠のもの、という慰めも語られています。

「泪月―oboro―」

作詞：前田たかひろ
作曲：松本良喜
歌唱：RUI（柴咲コウ）

歌詞

暁（あかとき）も待てぬ想い　現（うつつ）には逢うよしもなく　長き夜に身悶（みもだ）えしは　また…恋しや
ぬばたまのこの黒髪　月夜に放ち絆となれ　み空行く月の光　さぁ、絆となれ
あやしい夢いざなう永久（とわ）のほとり　この身引き裂かれし　恋は惑うばかり…嗚呼（ああ）

おろかに生きてました　でもしあわせでした　恋は生きいそぐもの
かくせぬ想いです　月がにじんでいます　眠れぬ泪月（おぼろ）
悲しげにたなびく雲　星離（さか）り行き月を離れ　天地の別れし時ゆ　幾たびの運命（さだめ）
恋しけば　袖ふる妹（いも）のごとく　ただ愛（いと）しき詩（うた）を…されど遥かかなた…嗚呼（ああ）
始まりはどこでしょう　終わりはどこでしょう　どうかとどめを刺して
生まれかわれません　あなたがいないから　この世はひとり
あなたしかいりません　他にはいりません　生命（すべて）と引き換えても
泣き叫んでいます　気が狂いそうです　かなしいよ泪月（おぼろ）
おろかに生きてました　でもしあわせでした　恋は生きいそぐもの

かくせぬ想いです　月がにじんでいます　眠れぬ泪月

この歌は、映画『黄泉がえり』で柴咲コウが扮する歌姫、RUIによって歌われます。歌詞を見たらわかるように、この歌も「月のしずく」と同様に意図的に古語を用い、神秘的で古風な歌世界を作り上げています。題名の「泪月」ですが、泪は涙を意味します。涙を溜めた瞳で見る月はおぼろにかすみます。そのため副題が**oboro**となっています。

まず暁（あかとき）ですが、筆者はこの語から『万葉集』巻二‐一〇五の大伯皇女の歌を思い出しました。大伯皇女は天武天皇の娘で、伊勢神宮で神に仕える斎宮（筆者注　未婚の皇女が伊勢神宮の神を奉斎する役職）でした。天武天皇が亡くなってすぐに神宮を訪ねてきた同母弟、大津皇子を大和へ帰すとき、皇女は「我が背子を　大和へ遣ると　さ夜更けて　暁露に　我が立ち濡れし（わが弟を大和へ送り帰さなければならないと、夜も更けて朝方近くまで立ちつくし、暁の露に私はしとどに濡れた）」と歌いました。大津皇子はほどなく謀反が発覚し、殺害されてしまいます。姉はそのことを予見し、この歌を歌ったと考えられています。

大伯皇女にとって暁（あかとき）は最愛の弟との永訣（えいけつ）（永遠の別れ）の時でした。歌世界の主人公の女性は暁を待てない思いを抱えています。彼女はうつつ、つまり現実には逢えない人を思い、身もだえして恋しい気持ちをつのらせています。

「ぬばたまの　この黒髪」の「ぬばたまの」は「黒」や「夜」にかかる枕詞です。枕詞とは、和歌で特定の語の前におかれる修飾語です。たとえば、「久方の」は「光」にかかる枕詞です。「ぬばたまの」のぬばたまとはヒオウギという植物の黒く光沢のある種で、その色から黒や夜、夢などにかかります。歌世界では黒々した髪を月夜に放ち、絆になれ、と続きます。

この女性の髪は、現実でもつなぐ役目を果たすことがあります。それは、東本願寺のホーム・ページの毛綱の項に記されています（http://www.higashihonganji.or.jp/about/midokoro/）。

　両堂の再建時、巨大な木材の搬出・運搬の際には、引き綱が切れるなどの運搬中の事故が相次いだため、より強い引き綱を必要としました。そこで、女性の髪の毛と麻を撚り合わせて編まれたのが毛綱です。

当時、全国各地からは、全部で53本の毛綱が寄進され、最も大きいものは長さ110ｍ、太さ40㎝、重さ約１ｔにも及びます。いかに多くの髪の毛が必要とされたかがうかがわれます。

現在、東本願寺に展示されている毛綱は、新潟県（越後国）のご門徒から寄進されたもので、長さ69ｍ、太さ約30㎝、重さ約375㎏です。

また、千葉県の成田山新勝寺の旧本堂を、安政年間、山上に引き上げる際にも女性の髪の毛を編んだ毛綱が用いられました。これらの毛綱は、強くしなやかで実用的だったほか、信仰心はあっても貧しくて、金銭を寺に寄進できない女性達の思いが籠っています。

そしてグリム童話には長い髪を綱にしたラプンツェルの話が収録されています。魔女に育てられた美しいラプンツェルは塔に閉じ込められていました。魔女は塔に上る時はラプンツェルの長い髪を下ろさせ、それを伝って上っていきました。ある日、塔の上のラプンツェルの歌声が王子の耳にとまります。王子は魔女をまねてラプンツェルの髪を下ろさせ、それを伝って上っていき、ラプンツェルと出会うことになります。ラプンツェルは閉じ込められた娘から恋する乙女となり、辛い日々の後、王子と幸せになります。

歌世界の主人公は月夜に黒髪を放ってみますが、絆が生まれたかどうかは定かではありません。「あやしい夢いざなう永久のほとり」とは月夜の夜空をさします。『万葉集』の巻七－一〇六八には柿本人麻呂歌集の歌の「天の海に　雲の波立ち　月の舟　星の林に　漕ぎ隠る見ゆ（天空の海に白雲の波が立って、月の舟が、星の林の中に、今しも漕ぎ隠れて行く）」とあり、巻十－二〇二九の人麻呂歌集の七夕歌には「天の川　楫の音聞こゆ　彦星と　織女と　今夜逢ふらしも（天の川に、櫓を漕ぐ音が聞こえる。彦星と織姫とが、今夜いよいよ共寝するのであるらしい）」とあります。夜空に海、そして天の川を描く万葉の歌人たちにとって、悠久の夜空には水辺もほとりもあります。歌世界の主人公は、夢のほとりの夜空で恋に惑い、身が引き裂かれるように苦悩を味わっています。

「おろかに生きてました　でもしあわせでした　恋は生きいそぐもの」のフレーズから想起されるのは『ロミオとジュリエット』です。中世イタリアのヴェローナで、敵対した名家の息子と娘は仮面舞踏会で出会い、恋に落ちます。二人は秘密の結婚をしますが、様々な行き違いを経て共に命を落とします。シェイクスピアのこの戯曲は、若い恋人達の性急な恋の成り行きと悲劇を描き、芝居のみならずバレエやミュージカルにも翻案されて人気を博しています。その理由は、思慮が足りない若者たちの、生きいそぐ恋の、短時日の濃密な幸福が、平凡な人々の憧れを掻き立てるからです。

歌世界の主人公は恋を思いかえし、涙でにじむ月を見ています。空には雲が悲しげにたなびき、星が離れていきます。「天地の別れし時ゆ」は天地がわかれた時から、を意味します。この詞句のイメージは、日本古代の歴史書、『日本書紀』の最初の「昔、天地も未だ分れず、陰陽の対立も未だ生じなかったとき、渾沌（こんとん）として形定まらず、ほの暗い中に、まず、もののきざしが現われた。その清く明るいものは高く揚（あが）って天となり、重く濁ったものは凝（こ）って地となった。しかし、清くこまかなものは集り易く、重く濁ったものは容易に固まらなかった。だから天が先ず出来上がって、後れて大地が定まり、その後に至って神がその中に誕生したと伝えている」（『日本書紀（一）』岩波文庫、一九九四年、一七ページ）にあります。

つまり、天地がわかれた時とは、神話的な始原の時です。「天地の別れし時ゆ　幾たびの運命」はその時から数多（あまた）の人々が恋をし、愛した人を失い、喪失感にさいなまれ続けてきたことを意味します。
「恋しけば　袖ふる妹のごとく」は『万葉集』の女性（筆者注　妹、万葉時代は恋人をさす）の別離や愛情の仕草、袖振りを思わせます。『万葉集』の人麻呂歌集の巻十‐二〇〇九の七夕の歌には「汝が恋ふる　妹の命は　飽き足らに　袖振る見えつ　雲隠るまで（彦星よ、あなたが恋い焦がれるお方、その大事なお方が、物足りなさゆえに、しきりに袖を振って別れを惜しむ姿がはっきり見えましたよ。あなたが雲に隠れて見えなくなるまで、ずっと）」とあります。織女は彦星との別れを惜しみ、彦星の姿が雲に隠れるまで袖を振り続けていた、というのです。

　また万葉の名高い女流歌人、額田王は天智天皇の近江の蒲生野の遊猟の時、「あかねさす　紫野行き　標野行き　野守は見ずや　君が袖振る（紫草の生える野、かかわりなき人の立ち入りを禁じて標を張ったその野を往き来して、あれそんなことをなさって、野の番人が見るではございませんか。あなたはそんなに袖をお振りになったりして）」（巻一‐二〇）と歌っています。この歌は「私は野守（天皇）に占有される身（人妻）であるのに、その夫の領域に勝手に入ってきて袖を振るとは」と解釈すべき猟の後の宴の歌である、とされています。

この歌には標野のタブーも野守の視線ももののともせず、愛しいと思う相手に大胆に袖を振る君の開放的な態度が歌われています。

歌世界の主人公は恋しさで袖を振っても、愛しさをうたにしても、遥か彼方に過ぎるばかりのことに嘆息しています。そして、「天地のわかれし時」という始まり、この世界が滅亡する終わりがどこかわからない主人公は、自分に止めを刺して命を終わらせてくれ、と訴えます。しかし彼女は「生まれかわれません」と述べます。理由は「あなたがいないから」で、自分が「この世はひとり」と孤独な感情を表します。

「あなたしかいりません」、「他にはいりません」という主人公は自分の「生命（すべて）と引き換えても」あなたがいれば、と望みますがそれが叶わぬことを知り、「泣き叫んでいます」、「気が狂いそうです」、「かなしいよ泪月」と月に訴えます。終章は愚かな生、幸せな愛、生き急いだ恋、隠せぬ想い、にじむ月、眠れない泪月が歌われます。

電燈の無い時代、夜の月は人々の心を掻き立てていました。私は月を見ている、私の恋しい人は月を見ている、私が月をよすがに恋しい人を思うように、恋しい人も月を見ながら私を思ってくれる、と想像するのは幸せです。恋しい人が自分と同じ世界からいなくなってしまったら、月を見ても喪失感しかありません。私は月を見ている、同じ世界で月を見ていたはずの人はいない、それでは私はどうしたらいいか、というと月を見ながら涙を流し、おぼろな月を見て涙を流す、を繰り返すしかありません。

しかし、涙は自分を甦らせる力でもあります。『万葉集』には天武天皇の子ではあっても母の位が低くて皇位は望むべくもなく、しかし臣下としては最高の地位の太政大臣になった高市皇子の挽歌（筆者注　死者をいたむ歌）群があります。柿本人麻呂の長歌と短歌二首の次に檜隈女王という女性の歌が記されています。巻二-二〇二のその歌は、「哭沢の　神社に御瓶据ゑ　祈れども　我が大君は　高日知らしぬ（哭沢の神社に神酒の瓶を据え参らせて、無事をお祈りしたけれども、そのかいもなく、我が大君は、空高く昇って天上を治めておられる）」となっています。

国生みと神生みを共になしとげた始原のペアの神々は、イザナキ（男神）とイザナミ（女神）です。イザナミが亡くなってしまった時、イザナキは涙を流しました。その涙から生まれたのがナキサハノメ、こと哭沢女神です。この神に高市皇子のことを祈るとは、高市皇子の命が延びるように、「高日知らしぬ」という状況にならないように、というためです。その甲斐はなかったのですが、この歌は涙の女神が人の命を永らえる力を持つことを知らせてくれます。

歌世界の主人公は、かつて月が甦りの変若水（をちみず、本著の別の箇所で言及しています）を地上にもたらしたことを知らないでいます。しかし、彼女の目から流れ落ち、月をおぼろに見せる泪は、実は彼女の命を甦らせる命の水でもあります。

筆者はかつてフィールド・ワークに出掛け、奄美大島の老女の話を聞いたことがあります。記憶力の優れた老女は、昔のことを思い出し、色々なことを語ってくれました。その内に老女は死別した人々への強い思いに感極まって泣き出しました。しばらく泣いた後、老女は涙をふき、「いっぱい泣いてさっぱりした」と述べました。老女の涙は、自分の悲しみを癒す、自分の内から湧いた命の甦りの水でした。

月を見て失った愛を思い、嘆いて泣き、月がおぼろに見えることを繰り返す、そうすれば彼女の命はわが瞳から流れ出す泪によっていつか再生する、そのことも含んだ愛と喪失を、この歌は示しているように思います。

「ナライブサン」

作詞・作曲・歌唱：アラカキヒロコ

歌詞（アラカキヒロコのブログ、http://charles.jugem.jp/?eid=614 に拠る）

私（ワー）の　生まれた島（ンマリジマー）は　人の島（フイトゥヌシマ）　傷を癒す場所
弱さに満ち　痛みに満ち心説く　愛のゆりかご
涙（ナダン）を乾かす太陽（ティダ）　美しい（チュラ）浜に聴く波音（ナミウトゥ）
私が誇れる　愛し（カナシ）　ふるさと
みなさん（グスーヨー）　聞こえますか　知恵を授けてほしいのです
愚かな私を笑わないで

「ナライブサン」

歌いたい（ウタイブサン）　踊りたい（ウドゥイブサン）　学びたい（ナライブサン）
私の（ワー）　生まれた島は（ンマリジマー）　人の島（フィトゥヌシマ）　欲望の集う場所
終わりなき　答えなき　パワーゲームの闘技場
涙を吹き飛ばす爆風（ナダンフチトゥバスウーカジ）　歯噛みかき消す爆音（マギウトゥ）
私を背負える　勇気　育む
私の言葉（ワークトゥバ）　聞こえますか　知恵を授けてほしいのです
愚かな私を笑わないで
歌いたい（ウタイブサン）　踊りたい（ウドゥイブサン）　学びたい（ナラィブサン）

私の（ワー）　生まれた（ンマリ）島は（ジマー）　人の島（フィトゥヌシマ）　人のようにたくさんの顔　持って
主なく（ヌーシンウラン）　正義〈善悪〉（ユクアクン）なく（ネーン）　歌に夢見る　青い墓所
みなさん（グスーヨー）　聞こえますか　知恵を授けてほしいのです
愚かな私を笑わないで

歌いたい　踊りたい　学びたい
ウタイブサン　ウドゥイブサン　ナライブサン

愛と欲と嘘を抱いて　歌に　夢見る（イミシージュル）　青い墓所（オールヌウファアカ）
聞こえますか（チカリヤビーミ）

この歌はルビからわかるように、琉球方言を所々に用いています。また、実際聞いたらわかるように琉球音階を使用し、エキゾチックな雰囲気を醸し出しています。

　歌いだしでは歌の主人公が生まれた故郷の島、沖縄のイメージが提示されます。人の島、傷を癒す場所、そして弱さや痛みに満ちているが、心の通った言葉で物事が説かれる愛のゆりかご、というのです。そして悲しみの涙がすぐに乾く、強い太陽の光、美しい浜に波音が聴こえる誇るべきいとしい故郷である、というのです。

　この「人の島」は人々が住む島で、人々が住むからこそ葛藤がある、と捉えることもできます。自然豊かな島、癒しの島、基地の島というややステレオ・タイプな沖縄ではない沖縄を示している、とも考えられます。

　それについで、「みなさん　聞こえますか　知恵を授けてほしいのです　愚かな私を笑わないで」と不特定多数の人々への呼びかけがなされます。ここで歌の主人公は知恵を授けてほしい、と語ります。知恵は授かるもの、知識は習得するものです。知識は学び、習い覚えるもので、忙しい現代人の頭は知識が詰まっています。一方、生活に根差しているのが知恵です。

　民俗の知恵の中には、現代と生活習慣が違い過ぎ、今一つ役に立たなくなった知恵もあります。「魚の骨がのどに刺さった時に唱えるおまじない」や「水甕（みずがめ）を決してカラにせず、少しは水を入れておくこと」などは、耳鼻咽喉科の医師がいて、上水道が完備されている地域ではもはや不要と言っていいのだと思います。

しかし、対人関係の知恵や、対霊関係の知恵は、今でも大いに役に立つのだと思います。「人の悪口を言っていると、自分に返ってくる」や「子供はほめて育てる」は現代に通用します。また、「悪霊が出るという噂がある場所にはみだりに近付かない」も現代に通用します。「霊的な存在など信じない、そんなものがあるわけがない」と思って悪霊スポットに出掛け、良くないモノに当たり、体調が悪くなったり、悪いことが重なったりした、という話は現代でも時々聞きます。つまり、人が「あそこは何となく嫌な場所だから行かない方がいい」と言ったら、好奇心があっても行かないことです。その分別が自分を守ります。

しかし、そういった知恵は知識のような体系が無いため、いつ、どのように授かるのか、と考えると案外難しいものがあります。両親、祖父母、親戚や地域の年長者、就職先の年長者などの自分より年長の人々のほか、幼児や子供の素直なものの見方や感じ方、伸びやかな植物のあり方、動物達のひたむきな親子の情愛などにも知恵があるように思います。そのように考えると、あらゆるものに知恵があり、率直な感性があれば知恵を授かる場面はたくさんあるのかもしれません。主人公は「愚かな私を　笑わないで」と述べますが、これは愚かな人の言葉ではありません。真に愚かなのは、愚か者であるのに自分の愚かさに気付かない、鈍い人間です。

次いで「歌いたい　踊りたい　学びたい」「ウタイブサン　ウドゥイブサン　ナライブサン」という詞句がきます。この詞句は歌のキーワードです。周知の通り、沖縄の人々は庶民であっても大変芸達者です。筆者の六十代の沖縄出身の知人は、今から四十年くらい前に沖縄の結婚式場で披露宴をしたそうです。午後一時に始まった披露宴は五時になっても六時になっても終わらず、理由は参列者がそれぞれ歌ったり踊ったり寸劇をしたりと、大芸能大会を繰り広げたからだそうです。会場の支配人がたまりかねて終了するように言い、披露宴は八時過ぎにやっと終わったそうです。

歌と踊りは身体ひとつがあればできることで、かつて民俗祭祀が盛んだった沖縄では、神を祀る祭祀の後、夜を徹して歌い踊っていた、といいます。そのことを、祭祀で祀る神様もともに喜んだ、という伝承があります。

主人公が授かりたい知恵は、沖縄の民俗に根差した、歌、踊りなどに関わるものです。そして「学びたい」という知恵よりも知識の習得にふさわしい言葉も出てきています。これは、歌や踊りといった情緒的なもの以外も学ぶべきことがある、という主張かもしれません。

それに続き、主人公は島が「欲望の集う場所　終わりなき　答えなき　パワーゲームの闘技場」であることを語ります。これは、沖縄のある種の現実を示しています。基地問題、基地として提供されている土地の借地権の問題、返還された基地の土地改良や開発の利権、観光地としての価値が上がることに伴う観光施設の乱立、古くからの住民の生活への有形無形の圧迫、などが沖縄には存在しています。そのことから主人公は目をそむけません。そして爆風、爆音を響かせる軍事拠点としての沖縄、という現実の存在もまた、勇気を育むと捉えています。

そして知恵を授けてほしい、歌いたい、踊りたい、学びたいのフレーズに続き、生まれ島が「人のようにたくさんの顔　持って」、「主なく　正義〈善悪〉なく　歌に夢見る　青い墓所」と歌われます。この青い墓所は、歌の最後に「愛と欲と嘘を抱いて　歌に夢見る　青い墓所」とも歌われ、最後に「聞こえますか（チカリヤビーミ）」という問いかけがなされます。これは、歌い手の意図や感性が聞き手に真っ直ぐ届きましたか、という問いかけのように思えます。

主人公が語るように、沖縄という島には様々な顔があります。基地の島、観光の島、と現代では言われることが多いのですが、観光資源である美しい海は、一方では島の大地に生産性が無いことを示しています。隆起珊瑚礁を主な土壌とする沖縄は、川が発達しにくく、台風がたくさん襲来するにも関わらず、ダムができるまで安定的な真水の供給が困難でした。本土では川によって上流から土砂が下流に流され、海の色はきれいではなくても、農耕に適した大地がつくられます。

沖縄は琉球王国であった過去があり、島は中継貿易の拠点として賑わっていました。多国籍の人々や船団が行き交う港、富を求めて船出する人々などの時代は、琉球の大航海時代でもありました。そのような顔もかつての沖縄には存在していたのです。

それでは「主なく　正義〈善悪〉なく　歌に夢見る　青い墓所」、そして「愛と欲と嘘

を抱いて　歌に夢見る　青い墓所」の「青い墓所」、ことオールヌウファカとは何でしょうか。この「青い墓所」は色彩としての緑も含んだ青、そして墓所を意味しているのでしょうか。

このことを考察する上で参考になるのが、那覇市奥武山町の奥武山（おうのやま）です。奥武山は、現在は運動公園として整備されていますが、かつては島で、拝所（はいしょ）（筆者注　沖縄の神を祀る場）がたくさんありました。そのため、現代でも神社が多く、琉球八社の一つの沖宮、護国神社、世持（よもち）神社などがあります。その呼称が、歌詞世界のオールヌウファカに部分的に似ている、と筆者は思いました。

この奥武山の奥武は、かつて「あふ」と言われていました。『おもろさうし辞典・総索引　第二版』（角川書店、一九七八年）の「あふのいふさき」の項には次のように書かれています。

「あふ」は地名で奥武の字を当てている。陸に近い離れ小島に「おう」「あふ」の名を持つのが多い。今帰仁のウムイに「あふぬ山（奥武の山）」「たきの山（嶽の山）」、伊是名のノダテゴトに「アフタムトゥ（聖なる神の坐所）」「シケタムトゥ（聖なる神の坐所）」とあり、「あふ」「たき」「しけ」は神のまします聖域を意味する同義語であることがわかる。「あお」「あふ」「おう」などの地名は次のように数多い。①那覇港内の奥武。②久米島仲里村の沖にある奥武。③島尻郡玉城村の奥武。④慶良間島の奥武。⑤国頭郡屋我地島の奥武。⑥中頭郡津堅島のアウ。

この古語の「あふ」は琉球の神を祀る聖域であり、陸に近い離れ小島をさす場合も多かったことがわかります。琉球の聖域として著名な御嶽（おたけ、うたき）の起源については明らかではありませんが、先学は「集落を初めて開拓した祖先の墓」という説を立てています。また、かつて貧しい庶民はきちんとした墓を持つことはありませんでした。これは沖縄のことではありませんが、現在の鹿児島県大島郡の奄美大島では、地先の離れ島を風葬地として利用することがありました。人が亡くなると亡骸を離れ島に運び、洞穴などに置いてきていた、といいます。

聖域は神霊の世界と現実の人間の世界の中間領域のような場所ですが、墓所もまた現実と死者の世界の中間領域のような場です。古い時代、墓所に使われていた洞穴がいつしか使われなくなり、しかし墓だった頃の禁忌（タブー）、たとえばみだりに立ち入ってはならないとか、その場所から物を持ち出してはいけない、などが残り続けた場合のことを考えてみます。すると、その場所に神霊がおり、神高く聖なる場所だからそのような禁忌がある、と解釈する人々も出てきます。そしていつの間にか拝みの場所になる、ということもあったはずです。

歌世界の中の青い墓所は、「主なく　正義〈善悪〉なく　歌に夢見る」、「愛と欲と嘘を抱いて　歌に夢見る」とされています。そこは歌に夢見る場所で、現実世界とはやや次元が異なっています。そして主がなく正義〈善悪〉がない、とされています。それは人間の主従関係や上下関係がなく、一方的な正義や、画然と仕切られた善悪がない場所でもあります。そして「愛と欲と嘘を抱いて」とされます。

このことは、普遍的な正義や善悪ではなく、もっと曖昧な基準、あるいは基準ですらないものにのっとって人々がそこにいることを示しています。そして一見美しい愛、一見醜い欲や嘘を抱いて歌に夢見る、とされています。美も醜も込め、それでも歌に夢を見ながら人は生きる、というのは人が生きる現実そのものかもしれません。

その姿を見据えつつ、現実のこの世界と別次元の世界の中間世界で歌に夢見る、とは歌の実作者であり歌い手のアラカキヒロコ氏の姿勢かもしれません。青い墓所とは、青々とした樹木の茂る、そして神霊の世界につながる、まさに沖縄の聖域の御嶽の山のように筆者には思えます。

そのような場所を意識しつつ「歌いたい　踊りたい　学びたい」と歌うことは、琉球的な知恵（歌、踊り）を持ちつつ、知識を学び、それらを統合したい、ということにほかなりません。本土の人々が琉球・沖縄の知恵を授かり、知識を学ぶこと、沖縄の人々が琉球・沖縄の知恵を体現しつつ、本土に向かって正しい知識を発信すること、その双方向の重要性について、筆者はこの歌世界から考えました。

「ロストレター〈K氏へ〉」

作詞・作曲・歌唱：アラカキヒロコ

歌詞（アラカキヒロコのブログ、http://charles.jugem.jp/?eid=612 に拠る）

空が朱く染まる頃　あの丘から見る水平線
ぼんやり眺めてただけの海が　今では　恋しい
あなたもかつてあの街で　ときには丘に登って
ぼんやり眺めてたのでしょう　あなたになんて言えばいい
生きて出会える奇跡に捧げよう

白い鳥飛んでゆく　ぼくらの海こえて
喜怒哀楽の遥か頭上　変わらぬ声で鳴く

あなたの生まれた街では　今みな首を垂れて
還らぬもの抱きしめるでしょう
もう一度　花は咲くでしょう

季節が巡るよ　会いにゆくよ

白い鳥飛んでゆく　ぼくらの海こえて
喜怒哀楽の遥か頭上　変わらぬ声で鳴く

白い鳥飛んでゆく　夕闇に消えていく
あなたの生まれた街の方へ　呼び合い帰ってゆく

この歌は東日本大震災後、宮城県牡鹿郡女川町出身のK氏へのアラカキ氏の手紙、という枠組を持っています。K氏は当時の女川の状況を「無常」と表現した、といいます。

この歌の最初の部分からは、かつての自分、そしてあなたがぼんやり海を眺めていたことが回顧され、「生きて出会える奇跡に捧げよう」と語られます。このことは、かつてのように水平線を無考えで眺めることはもはやできない、ということを示唆しています。そして約束をしたらその日時に出会うのは当然、ということが奇跡とされます。

そして白い鳥が飛んでゆく、と海から視線が白い鳥にかわります。白い鳥は海を越えていきます。そして「喜怒哀楽の遥か頭上　変わらぬ声で鳴く」となります。この喜怒哀楽とは、言うまでもなく人間の感情で、人間は感情をあらわにしつつ暮らしています。「喜怒哀楽の遥か頭上」とは、人の暮らしの遥かな高み、という意味を持ちます。

「あなたの生まれた街では　今みな首を垂れて　還らぬもの抱きしめるでしょう　もう一度　花は咲くでしょう　季節が巡るよ　会いにゆくよ」は失われた多くの命を悼む人々と、季節の循環が表現されています。花はじめ植物の時間は、直線的なものではありません。人が生まれ、やがて年齢を重ね、青年から中年、老年となり、やがて命が終わる、というのは直線的な時間意識です。植物は美しく花開いた後、枯れてしまいますが、種や球根を残します。樹木に咲く花は、枯れても樹木が残ります。花の種をまき、球根を植えれば、芽を出し、育ち、やがて美しい花を咲かせます。それを繰り返す植物は、円環的な時間意識の存在を人に感じさせます。

命が終わってしまってそれで終わり、というのは生き残った人々にとっては辛いことです。そのことの慰めになるのが花であり、季節の循環である、ということがここでは表現されています。

そして白い鳥ですが、鳥は神話ではたびたび魂の象徴になります。日本神話においてはヤマトタケルノミコト（日本武尊、倭建命）が死後、白い鳥と化し、その魂の鳥をヤマトタケルの妃や子供達が泣きながら追っていった、とされます。ヤマトタケルは皇子として生まれながら父の景行天皇に九州の異民族である熊襲（くまそ）や東国の異民族の蝦夷（えみし）征伐を命じられました。蝦夷征伐が一段落した後、ヤマトタケルは大和へ帰ろうとしますが、途中で病に倒れ、望郷の歌を歌って身罷（みまか）りました（筆者注　死亡した、の意味）。白い鳥と化した魂はやがて天翔(あまがけ)ります。

　現在、白鳥（しらとり・しろとり）という地名が日本各地に存在しています。具体的には、岩手県二戸市白鳥、栃木県小山市白鳥、岩手県奥州市前沢区白鳥舘、山形県村山市白鳥、岐阜県郡上市白鳥町、長野県下水内郡栄村豊栄白鳥、愛知県豊川市白鳥、徳島県名西郡石井町石井白鳥、香川県東かがわ市白鳥、ほかです。その中には白鳥の繁殖地にちなむ地名や白い鷹(たか)や白鷺(しらさぎ)にちなむ地名もありますが、ヤマトタケル伝説にちなむ地名もあります（郡上市白鳥・豊川市白鳥・東かがわ市白鳥）。

　ヤマトタケルの魂が化した鳥は、当初は人の目に見えていました。このことは、魂がこの世界と死後の世界の間を漂っていたことを意味します。この魂であり白い鳥である存在は、地上のあちこちに現れ、目撃された末、天に飛翔し二度と人の目に触れることはなくなりました。このことは、魂が完全にこの世界から離れたことを意味します。

　白い鳥の声は人に届きますが、その声は人の喜怒哀楽を表現することはありません。魂を表象することもある白い鳥は、束の間、人に見聞され、やがて人の届かない世界に飛び去っていきます。白鳥も含む渡り鳥は、毎年、同じ時期に渡ってきます。それは鳥達の都合ですが、その鳥達の行動は人々の想像力を掻き立て続けてきました。

宮古諸島の多良間（たらま）島から渡る水納（みんな）島には鷹の墓があります。水納島の上空には鷹の仲間、サシバが渡っていきます。水納島にはかつて島にいた流人の鷹が死んでしまい、墓に葬った、とする話が残っています。その鷹の墓の話と渡り鳥のサシバが結び付き、鳥達は死んだ鷹の墓参りに季節を定めて飛来してくる、と言われるようになりました。

民俗学者として著名な谷川健一氏は、「多良間島の離島水納島の鷹の墓」で「海なかの水沫（みなわ）あひ寄り作りたるいや果（はて）の島にわが渡り来し」、「大海の水沫の島の鷹の墓挫折（ざせつ）せるものはうつくしきかな」、「悲類なほ美しかりき敗亡（はいもう）の歴史刻みし鷹のおくつき」という歌を作っています。歌は、あたかも海の沫（泡）が集まってできたような果の島に私は渡ってきた、大海の水沫の島の鷹の墓よ、挫折してしまったものは美しいことよ、悲しみの涙（悲涙）であり、またとない（比類）ものよりなお美しかった、敗北し亡くなったという歴史を刻む鷹の奥津城（墓）よ、ということを意味します。自由に天翔（あまがけ）る鳥達の内の一羽が人に飼い馴らされ、やがて人の都合で命を失った、ということは実はありふれたことです。長い距離を渡るサシバの中には命を失い、哀れな姿をさらすものもあった、といいます。

伝説の鷹の墓とサシバの亡骸、そして天空を渡る群れは、人々の想像力を強くかき立てた、と考えられます。

「ロストレター」の歌世界の白い鳥達は、空を自由に飛び回ります。白い鳥達の声を時々聞くことができること、そして姿を見られることもまた、亡き人を思う人々の慰めになる場合があります。何を語るのかわからないが、よく通る声を発しつつ、渡り鳥は同じ季節に到来し、同じ季節に去っていきます。その鳥達の中に亡き人の魂がまぎれているなら、鳥達を見上げ、鳥達の声を聞けば、亡き人の思いの一端に触れられるかもしれません。海を眺め、空を見上げ、白い鳥達の声を聞きながら生きることは、亡き人への思いの強さでもある、と思います。

おわりに

本著の出版のためにご尽力下さった新典社のスタッフの皆様に、御礼申し上げます。

筆者はかつて『うたの神話学』において記紀歌謡、万葉歌、琉球の神歌集である『おもろさうし』のおもろ、琉歌などの提示するイメージを抽出し、神話学的な方法で分析したことがあります。歌は本来、分析にはなじみません。そして歌の提示するイメージは散漫で捉えようがない場合も多いです。

しかし、歌の豊かなイメージの世界には、神話の断片が含まれている場合があります。それを見つける過程は、筆者の楽しみです。本著は現代、といっても少し前の歌を神話学的な方法で分析したものです。これは筆者の見方であり、歌を受容する方々は、どのような見方をしてもいい、と思います。

本著では大ヒットした歌も取り上げました。歌を分析してみて、なぜこの歌がヒットしたのか、わかるような気がしました。永遠の少年の強く儚いイメージを歌った「残酷な天使のテーゼ」、永遠の少年と太母の関係が美しい繰り返しで歌いあげられる「魂のルフラン」の登場人物たちは、さながら神話世界の住人達のようでした。そのような永遠の少年の一人が、日本神話のオオクニヌシ（大国主、出雲大社の祭神）です。美貌で誰にでも好かれるオホクニヌシは、多くの兄神達に何回も殺害され、そのたびに母神に助けられました。この情けない永遠の少年は、やがて根の国のスサノヲ（アマテラスの弟）によって鍛えられ、永遠の少年から脱し、地上の国土を豊かにする役割を担うことになります。

また、昔話の主人公の浦島太郎もまさに永遠の少年そのものです。いじめられていた亀を助けた優しい浦島太郎は、亀に連れられて常世国へ行きます。乙姫様に歓待された太郎は故郷が恋しくなり、「開けてはならない」玉手箱をもらって故郷へ帰ります。しかし、無時間的な世界で過ごした日々と現実世界の時間は大きく違っており、太郎は途方にくれて玉手箱を開きます。それは時間の封印を解くことを意味します。太郎は封印されていた時間に一気に襲われ、老人になり、命まで失います。太郎には自分で自分の道を切り開く強さや、「開けてはならない」ものを決して開けない意志の強さはありません。それもまた、永遠の少年の特徴です。

アニメの主題歌である「残酷な天使のテーゼ」や「魂のルフラン」を聞くたび、あるいは歌うたびに、アニメ・ファンは名場面を思い浮かべるのだと思います。そして歌を歌として愛好する人々は、男女を問わず、わが内なるオホクニヌシ、そして浦島太郎のような永遠の少年のイメージが歌詞から放射されるので、陶然となってしまうのかもしれない、と思いました。永遠の少年の心性は、強さや責任感には若干欠け、非論理的で自己中心的な側面もありますが、優しく温かく、状況にあわせて柔軟に変化する、という側面もあります。そして、美しく繊細で可愛いものを好む、という傾向もあります。その良さが日本文化の特徴を形作っている、と言うこともできます。

他の歌も、それぞれに特徴的な世界を展開しています。この中で、筆者の主な研究対象である沖縄のことを歌った「ナライブサン」は特に興味深い歌でした。沖縄は、現代は日本の一部ですが、日本の江戸時代までは琉球王国でした。その前史と過酷な戦争体験、そして基地問題が絡み合い、沖縄から日本本土に複雑な視線が投げかけられることも多いです。その状況を、知恵と知識を出してゆるやかに理解しあえるように促す、という趣旨をこの歌から感じました。

それぞれの歌には、神話や伝説、そして物語の断片が含まれています。それらが心に訴えかけ、再び聞きたい、歌いたい、という気持ちにさせるのだ、と分析を通して思いました。読者の皆さんそれぞれの目に見える物語、そして目に見えない物語の一部が歌であるなら、その歌を大事にすることで人生がより豊かになる、と思っています。

読者の皆さんの好きな歌は何ですか？

令和元年十二月

福　寛美

福 寛美（ふく ひろみ）
1984年　学習院大学文学部国文学科卒業
1990年　学習院大学大学院博士後期課程単位取得退学
専攻／学位：琉球文学・神話学・民俗学／文学博士
現職：法政大学兼任講師・法政大学沖縄文化研究所兼任所員
主著：
『喜界島・鬼の海域―キカイガシマ考』（2008年, 新典社）
『琉球の恋歌　「恩納なべ」と「よしや思鶴」』（2010年, 新典社）
『うたの神話学―万葉・おもろ・琉歌』（2010年, 森話社）
『夜の海、永劫の海』（2011年, 新典社）
『ユタ神誕生』（2013年, 南方新社）
『『おもろさうし』と群雄の世紀―三山時代の王たち』（2013年, 森話社）
『ぐすく造営のおもろ―立ち上がる琉球世界―』（2015年, 新典社）
『歌とシャーマン』（2015年, 南方新社）
『奄美群島おもろの世界』（2018年, 南方新社）

新 うたの神話学

2019年 12 月 24 日　初版発行

著者 ―― 福寛美
発行者 ―― 岡元学実
発行所 ―― 株式会社 新典社
製作 ―― SHINTENSHA DP
〒101-0051　東京都千代田区神田神保町1-44-11
編集部：03-3233-8052　営業部：03-3233-8051
ＦＡＸ：03-3233-8053　振　替：00170-0-26932
http://www.shintensha.co.jp/　E-Mail:info@shintensha.co.jp

印刷所 ―― 惠友印刷 株式会社
製本所 ―― 牧製本印刷 株式会社

ISBN 978-4-7879-7926-1 C1095
日本音楽著作権協会（出）許諾第1909328-901号
定価はカバーに表示してあります。
乱丁・落丁本は、お取り替えいたします。小社営業部宛に着払でお送りください。